悦读
文库

游义平

著

认识自己，点亮精彩

江西教育出版社
JIANGXI EDUCATION PUBLISHING HOUSE

图书在版编目（ＣＩＰ）数据

认识自己，点亮精彩 / 游义平著 . -- 南昌 ：江西
教育出版社， 2016.12（2019.7 重印）
（悦读文库）
ISBN 978-7-5392-9205-2

Ⅰ．①认… Ⅱ．①游… Ⅲ．①故事－作品集－中国－
当代 Ⅳ．① I247.81

中国版本图书馆 CIP 数据核字（2016）第 305973 号

认识自己，点亮精彩
RENSHIZIJI DIANLIANGJINGCAI

游义平　著

江西教育出版社出版

（南昌市抚河北路 291 号　邮编：330008）
各地新华书店经销
石家庄继文印刷有限公司
720mm×1000mm　16 开本　13 印张
2017 年 3 月第 1 版　2019 年 7 月第 8 次印刷
ISBN 978-7-5392-9205-2
定价：26.00 元

赣教版图书如有印制质量问题，请向我社调换　电话：0791-86710427
投稿邮箱：JXJYCBS@163.com　　　电话：0791-86705643
网址：http://www.jxeph.com

赣版权登字 -02-2016-748

序　言

开卷有益。翻开一本书，如果有一篇文章让一个人从中受益，或是有一句话能给人启迪，激励成长，那一生中很多很多被锁住的记忆，压抑在心底，成为郁结，在此时释放是最好的结果。

我喜欢把生活中的经历灌注在笔尖。与纸和笔相依相伴，打发着孤寂和落寞的时光，也排解了身边人的一些愁怀，是人生幸事。

这些文字都是心灵的对话，摒弃单调说理，故事一读就懂。当然，也可以说这是近乎胡言乱语的文字。不论怎么说都好，只管喜好就行。

第一次在杂志上发表文学作品，是《批评的力量》。在此之前，正是自己在工作中遇到困难时，面对来自各方面的责难，怎么去面对，怎么去处理，现在看来，不仅是对自己人生道路的选择，也是对青春年华的激励。真希望能与人们产生共鸣。

每个人的成长过程，都不会是一帆风顺的，而这段经历必将影响我们的一生。有满怀理想，有前途迷茫，生活的轨迹是自己选择的。

　　每一天，每一时，生命都在继续，故事都在发生。每一个故事都有其独特性，因而妄想着这些文字能变成一颗颗沙砾，铺在我们历经的生活之路上。沙砾上会留下一串串歪歪扭扭的脚印，每个印迹能有那么一次或是多次的引导前行，这就是这些文字辑册成书的初衷了。

　　文字其实是苍白无力的，或许更多的是呓语。匮于个人文笔，只是将沧桑搓成几缕无须羁绊的思绪，缠绕过去与未来的人生。

　　企图在虬枝中攀折，向着阳光，让枝条顺理；有时在混沌的思维中，临摹着哲学的味道，不要让平凡变得一贫如洗，让写作的快乐相伴在自己的身边。于是，有了这一本暖暖的、浅浅的书。书中记录着我们（我和身边的一些人或物）的心路历程，分解着经历的喜欢与快乐，也记录着曾经的挫折与忧伤。当然，书中还有几许梦想，那就是希冀和期盼。

　　这本书，堪堪为治愈系暖文系列的美文集，囿于作者才疏学浅，定有许多不足之处，真诚期待大家不吝指正。

游义平

2016 年 8 月

目 录

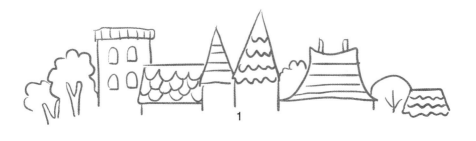

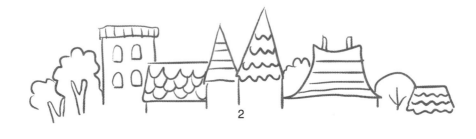

第七辑
不争，是一种至尚的境界

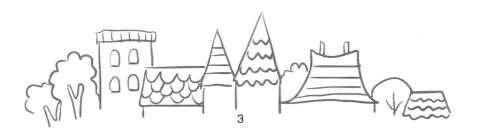

第一辑

为自己选择一份温暖

事物都有其两面性，快乐与痛苦、
赞成与反对、成功与失败、名誉与耻辱。
事事皆有开始和结束，这是人生面对的东西。
勇敢面对，坦然接受，
甩掉心底的包袱，华丽转身，
会发现前方充满阳光的生活。

小心地蹲，用心地骑

　　博士与他的学生们一起做游戏。一不小心，博士的手表掉在地上，一个学生见了，俯身拾起。这时，博士做了个惊人的动作，只见他抬脚一跨，已经骑在了那个学生背上。其他的学生都愣住了。博士微笑着说："我只想通过这件事告诉大家，人生的诱惑很多，你不弯腰，别人永远不能骑到你上面！"

　　博士接着说："要不要再来一次？"同学们都同意。特别是刚才被博士骑在胯下的那位同学，心里暗想一定要找机会扳回来。

　　游戏进行中，博士的鞋带松了，便停下来弯腰系上。那位同学见有机可乘，也一个箭步骑到博士背上。这下同学们都笑了，看博士怎么论说。

　　没想到博士只是伸直腰身，稍微一摇晃，那位学生就被弄了下来。博士表情严肃地说："如果有一天你骑在别人身上，双脚离地，不能立足，那一定要小心！不然随时都会被摔下来！"

　　在同学们信服的眼神中，那位学生涨红了脸，很认真地点点头。

　　是啊，人生中，不要蹲下给别人机会；骑上也不要得意，立足是多么重要！这就是博士在游戏中要告诉大家的道理。

批评的力量

曾经，有三个人学习绘画，并在学艺途中将自己的得意之作以一千元标价出售，巧合的是，他们的第一位顾客都说了一句相同的话："您的画怕是值不了那么多吧？"

其中一个人听了后，对自己的画仔细掂量，最终以两千元价售出，而他经过后来的刻苦努力，成为著名的画家。他就是丁托列托。

另一个听后只是轻轻地将画撕毁，而从此改行，学习雕塑而成为一代宗师。他就是唐代著名雕塑家杨惠之。

第三个呢，认为自己的画或许真的不值那个价，便降低了要求，以五百元售出，至今，他也只是一个三流的画家，以卖画糊口。他一直就生活在我们的身边。

这就是批评的力量。批评有时是动力，激发人向上的欲望，有时是转折，指引走向另一个成功的巅峰；有时是毒药，一不小心会毁了人的一生。而其实，最关键的是，每个人面对批评的心态。

缺少的才是更重要的

　　一家机构随机调查"什么最重要"，主要有五种选择：A. 知识比金钱更重要。B. 能力比知识更重要。C. 权力与关系比能力更重要.D、金钱比权力更重要。E. 活着最重要。

　　面对不同的答案，调查者研究发现，选择"知识比金钱更重要"的主要是一些小学生。他们回答的理由是，书本上是这么讲的，一直以来老师也是这么教的。

　　选择"能力比知识更重要"的是一些中学生。他们说，从生活中的一些人和事情上发现，光有知识是不够的，许多有成就的人并不一定拥有许多知识。

　　选择"权力与关系比能力更重要"的是一批即将进入社会或刚参加工作不久的年轻人。他们不停地诉苦，现在找工作需要关系与权力，升职加薪更需要权力与关系！

　　选择"金钱比权力与关系更重要"的是中年人。他们选择的理由是，金钱虽不是万能的，但没有金钱却是万万不能的。

　　选择"活着最重要"的是一些老年人。他们的理由是生命都没有了，拥有一切何用呢？

　　调查结果是值得人深思的。童年是无知与纯真的。所以，知识是无与伦比的堡垒。青少年是叛逆与创新的，所以大力宣扬着能力。青年是拼搏与迷茫共存的，理想与目标被身边的事务桎梏。中年是饱经沧桑与现实的，所以最终被世俗洗礼。在被生命倒计时的老年人珍惜着生活的每一天，没有什么比夺去他们时间更残酷！生命是重要的，可是拥有者并不足为奇。正如拥有知识、能力、权力、金钱等等一般。

　　自己缺少的才是最重要的，现实其实很简单，这就是现实。

百米独冲刺，千里也捎针

20世纪20年代初，出生于加拿大某个小镇的普·威廉姆斯，少年时在运动上显露出天赋，他的父亲就将其送进俱乐部训练，后来他在短跑上表现出众，与队友在参加州里的选拔赛时双双进入到决赛。

比赛前，普·威廉姆斯与队友分析了情况，在实力上，他们较之其他选手有优势，两人都应该可以胜出。在赛道上，与普·威廉姆斯成绩差不多的队友更是示意普·威廉姆斯，不仅有相互鼓励，也有共进退的意思。普·威廉姆斯颔首。

比赛开始时，普·威廉姆斯与队友果真并列领先。就在两人感到快慰时，没想到后面的选手冲刺上来，一下子就冲到两人的前面。这时，普·威廉姆斯来不及多想，咬咬牙，拼命向前冲，终于率先冲过终点。回首一看，队友却已经被落在了他人之后。成功取胜的普·威廉姆斯过关斩将，最终在多伦多的百米短跑国际比赛上，刷新了新的纪录。事后的普·威廉姆斯暗自庆幸：幸亏在最后关头放下一切，独自冲刺！速度源自静心，心无旁骛。

之后不久，普·威廉姆斯与朋友们一块儿自驾旅游。在收拾整理行装的时候，看着大家忙碌的身影，再看看整车的装备，他在心里叹息：不就是旅游吗？需要这么费事吗？真不如一个轻装出发呢！而他的这个感慨在途中就被彻底瓦解。原来，之前的精心准备，在旅途中才真正地发挥了作用，而让他感慨最深的却是最小的一件事：帐篷的末端与支架连接处意外出现裂缝，野外没有能用的工具，更无处购买，眼见着当晚大家会被风雨侵袭，朋友意外地拿出一盒针线出来，及时缝补上了。朋友笑笑说，千里也可以捎针，有备无患。普·威廉姆斯想，如果没有朋友们的帮助与扶持，真是自己一个人，只怕这自驾旅游会狼狈收场的。

比赛中的独行，旅游中的互助，一年中的两次经历，让普·威廉姆斯深深地感到：一个人，简装而行，是可以走得更快的，当然，是在短期内可以完成的任务；而长远的目标，则更需要一群人，哪怕是力量小到一根针，只要能凝聚力量，也能把事情做到更臻于完美。概括起来，可以是一句话："百米独冲刺，千里也捎针。"

恐惧，是拒绝诱惑的正能量

　　古希腊流传一个神话故事：海峡女巫用她那甜美的歌声诱惑过往的船只经过时触礁沉没。智能双全的奥德赛船长接受任务后，他知道自己不能抵御诱惑的后果，他也感到害怕，他恐惧全船的人会跟着遭殃，他知道，光靠心灵克服是不够的，所以奥德赛让船员把自己给绑缚起来，又让船员把耳朵给塞住。最后，奥德赛船长驾船顺利通过海峡。是恐惧，让奥德赛船长选择了正确的方法，是恐惧，让奥德赛船长有了坚强的意志去抵制了诱惑。

　　因为被迫中毒而染上毒瘾的张学良毒瘾颇深。宋子文劝诫他不仅要为个人健康，更要为国家考虑。这一席话，让张学良深感恐惧：少帅的言行影响国人的行为，试想，全国民众都沉浸入毒品之中，国将不国。张学良吓出一身冷汗，幡然醒悟，从此立誓戒毒，半个月后，张学良脱胎换骨，迎来人生的新起点。正是因为恐惧吸食毒品会给国家带来灾难，才让沉迷于诱惑之中的张学良回头是岸。

　　有个现实版的反贪故事。妻子无意间发现在仕途上蒸蒸日上的丈夫心事重重。细心的妻子稍加注意，便知道丈夫是为招标的事情踌躇。妻子什么都没有说，只是买来前不久电视里播出的《忏悔录》的视频，趁丈夫在家休息的时候，自己坐在电视机前反复地播放，有时，丈夫也会凑过来瞧一瞧，结果，事情就这样风平浪静地过去了，而丈夫也以公平公正得到大家的认可。事后，妻子的朋友问她这样做的初衷。妻子说，是因为极大的恐惧。她恐惧他第一次伸出的"黑手"；她恐惧他变得贪婪；她恐惧他贪婪后的堕落；她恐惧他堕落后的变质；她恐惧他变质后家的破碎，等等。朋友惊道："恐惧得太多太远啦！"妻子笑笑，摇摇头，其实，只有她知道，是她的恐惧传递给了丈夫，丈夫的恐惧最终挽回了一切，是对后果的恐惧抵御了眼前的诱惑。

台湾知名女作家吴淡如说，人生中有不少潜藏的恐惧，有些是因自己的怯懦而产生，有些是外力在我们成长的过程中所加诸的阴影，我们的心逃无可逃。恐惧的存在，是无可厚非的。但是，对于恐惧的处置，或许可以做一些补充：恐惧令人心生欲念，有冲击，有躲避的。在潜在危机面前，如奥德赛船长般善用恐惧者，获得生机，在危险来临之前提前防范退守。在困境之中，因为恐惧，如张学良般善用恐惧者，因为恐惧而改变现实成就未来。

恐惧不全对，但绝非全错，恐惧感愈强的人，在诱惑面前，会显得愈安全。总结一番，得到一句：恐惧，是拒绝诱惑的正能量。

方向比位置更重要

杰克向主教祈祷："请将班瑞从经理的位置上弄下来吧。"

主教很奇怪地问："你和班瑞不是好朋友吗？"

杰克说："是的。我们是邻居，更是一块儿长大的朋友。前年，我们同时从大学毕业参加工作。可是，我们同样地努力，他平步青云地从部门主管到部门经理，只是因为他有一次帮了老总朋友的儿子，老总给了他一个优越的位置。现在班瑞事事都比我强，走到哪里都光彩夺目。"

主教说："你这是嫉妒！"

杰克大喊："不是嫉妒！我只是觉得不公平！如果我和班瑞换个位置，我相信我干得一定比他好！怪就怪我没有得到优越的位置。"

"我给你讲个故事吧。"主教说，"有两只小鸟到野外捕食。一只小鸟站在树丫上，另一只小鸟隐匿于草丛中，环顾四周寻觅食物。"

"一天下来，站在树丫上的小鸟的收获比隐匿在草丛中的小鸟的收获多许多。隐匿于草丛中的小鸟认为自己输在地理位置上。第二天捕食时，便要求调换位置。"

"结果如何呢？一天下来，调换位置站在树丫上的小鸟的收获仍没有另一只小鸟多。你知道为什么吗？"

杰克摇摇头。

主教说："那是因为，第一只小鸟不论站在高处，还是低处，它都朝着食物过来的方向，等到食物进入捕捉范围，便迅速出击。而另一只小鸟呢？它很机警，一双眼睛总在四处飘忽，发现每个方向都有食物，都想收获，受了多方的诱惑，反而不能专心致志，迷失了自己的方向，最终收获甚微。"

最后，主教语重心长地说："生活中有些人抱怨，没有伯乐发现自己，让自己显身手，而郁郁寡欢，沉沦堕落。也有人拼命投机钻营往上爬，认为只有自己到某个领导岗位上，才能大展宏图。其实，只要朝着心中的方向，在任何一个位置都能发光发热。你明白了吗？"

杰克点点头说："我知道了。错不在位置，而在于心中的方向。正确的方向远比高高的位置重要！"

轻捧,远胜于紧握

著名的家庭教育讲师的到来,吸引了无数家长去取经。

在互动提问阶段,有许多家长都提出了"现在的孩子特叛逆,不好管。责骂会引起孩子的反感,骄纵,却又给宠坏了。怎么办?"

讲师在大屏上写下了"轻捧,远胜于紧握"几个大字。座位上的家长们窃窃私语。有家长马上站起来,大声地说:"这个道理大家都懂。您会说,河沙在手里越是握得紧,就会越少,轻轻捧在手心,才会有更多。可河沙是死的,我们不是要河沙,我们要的是有思想的孩子的健康成长。"另一位家长也站起来说道:"您让我们在热水里捞肥皂,这个事例其实也与捧河沙类似,我们也知道。请您讲一讲关注生命的案例。"其他家长也纷纷应和。

讲师微笑着颔首,胸有成竹地放了一段视频。众家长一看,却是一段孩子们在田间嬉戏的片断。家长疑惑地看着讲师。讲师说:"请大家再仔细地看一看孩子们捉泥鳅的过程。"

只见一个孩子找到洞口,高兴地伸手下去,猛地一动,然后又飞快地把手边的那些泥土扒开,扒开很大一个洼,却没有将到手的泥鳅捉住。而另一个孩子发现洞口后,将手轻轻地伸进去,忽然停了下来,显然,也是触到了泥鳅。只见他一脸沉静,动作很轻缓地深入,然后慢慢地取出,一

条肥肥的泥鳅与稀泥和在一起，已经在他的手中。在他把手放在桶里的一瞬间，他手上一用力，泥鳅便光溜溜地窜出来，掉进了桶里。

看到这一精彩的特写，大家都点头，对这个孩子的行动表示赞许，当然也勾起一些家长儿时的回忆，确也有过此种经历。

"如果我们把对孩子的教育与捉泥鳅的过程做类比，或许我们会领悟出来。"在大家还沉浸在视频中时，讲师发话了，"爱之深，必然会责之切。而因为爱，所以对孩子的教育事事紧握于手中，总把眼睛盯得紧紧的，事情关照得细细的，那么会造成惊吓，结果是背离。换言之，如若是轻轻地呵护，让孩子在潜意识中，跟随着家长的引领，健康地成长，正如被捧在手心里的泥鳅一般。"

看着还有家长还有不解的神态，讲师轻轻地说："捧，还应该有表扬与宽容。及时地给孩子表扬，适度地给予孩子独立的环境与空间，远比禁锢孩子的行动思维明智。"

这一次，全场家长掌声雷动。细细回味，轻捧，远胜于紧握，人生何尝不是如此？

别低头，皇冠会掉

血腥的屠杀已经白炽化，爨（cuàn）归王手提已经生出卷口的大刀，顾不得满身血迹，睁着赤红的眼睛，对妻子阿姹说："带着孩子撤退！"不待阿姹与守隅的辩解，一干信众拖着阿姹与守隅逃离了一片火海侵袭的王宫。

爨归王终被杀，政权被夺，所幸的是亲兵还在，跟随着爨归王的妻子阿姹。阿姹带着儿子爨守隅逃到了娘家乌蛮。

复国的念头与日俱增，但是当时的阿姹与爨守隅并不具备相当的实力。思前想后，当阿姹提出向南诏求救时，已经长大成人的爨守隅与亲信都极力反对。

爨守隅愤慨地说："父王爨归王的被杀，就与南诏王有相当关联！而母后这一低头，无疑是臣服于南诏国，怕是将来国将不国。"

阿姹摇摇头，说："现今我们的国家已经被爨崇道、爨辅朝父子侵占，本已国不是国！何况，南诏是我的娘家，他们定当鼎力相助，所以不必在意。"

在阿姹的坚持下，爨守隅与阿姹求谒南诏王。

见爨氏政权的继承人阿姹与爨守隅向自己低头，南诏王大喜。另一方面，为了笼络爨氏政权的继承人爨守隅，唐玄宗命爨守隅继承南宁州都督。复国心切的爨守隅上奏唐玄宗，要联合南诏攻打霸占爨氏政权的爨崇道、爨辅朝父子。

几经磋商，爨守隅与东爨、南诏联合攻打，不久爨崇道、爨辅朝父子被杀。令爨守隅没有想到的是，爨氏政权并没有交回爨守隅或是阿姹手中，而是直接被南诏接管。

爨氏政权开始衰落，逐渐被南诏控制。爨守隅的复国心切，令唐玄宗极为不放心，遂也对爨守隅进行削藩。眼见大势已去的爨守隅不得已，归附于南诏。而其母阿姹虽自为乌蛮部落首领，终见爨氏政权重建无望，选择到长安朝见，滇东之地归于南诏。

公元748年，爨氏政权消灭。

爨氏政权的灭亡，可谓：爨归王捐躯赴国难，视死忽如归。阿姹臣服低头，国将不国。

爨氏故事代代相传：别低头，皇冠会掉。

平衡的人生界点

每一届奥运会都会有一些变化，增加或是减少某些项目。

时代变革，社会更新的必然趋势。其中有一个项目，是最不可能撤换的，那就是艺术体操中的平衡木。这不仅是在展示艺术与技能，更在演绎着人生内涵。

平衡木项目中，操演者一定要找到一个最合适自己的界点，从而开始一系列漂亮的伸展、转身、跳跃。

别小看了这个平衡界点，它是现实与浪漫间的过渡与支撑，失去平衡界点，毋庸置疑，操演者会倒下，甚或是生命失去平衡。

生命是一种吐故纳新的过程。生命在于社会之中，傲然在社会之上，当以超人论之。

超人永远是不合时宜的，而超人是不存在的。在世人的眼里，要么是天才，要么就是疯子。被称为现代表现主义先锋，作品中突出地追求自我精神的表现，一切形式都在激烈的精神支配下跳跃和扭动的凡·高，从生命的角度来说，是有实无名，实不可辨的。

纵越艺术，排列历史，与凡·高相异的范蠡。

辅佐勾践平吴霸越后，在文种还流连追寻更高处之际，选择激流勇退。范蠡可谓早知之士，名成而不毁。至于文种，倒正好可以用《红楼梦》里贾元春哀吟自己的"荣华正好，无常又到"。

范蠡之成功在于从开始到终结之中定好了界点，而这个界点，就是平衡的人生界点。

人们常用"福兮祸所伏"来形容人生的福祸无际。从另一个角度来说，也是宣扬着人生的平衡点。困难与挣扎之中，把握心灵的平衡界点，是生命的最大依托。如此便能做到左右无系，上下无縻，声实相谐。

古人不可俗语论及，却看今朝。在广泛传播的媒体里，众口相传的人物形象，无疑是传递正能量的代表。殊不知，在被追踪的背后，透露出层出不穷的欺世盗名事件，直至气节沦丧，身败名裂。此乃艺人的节名相欺，颠覆平衡。

这是道德的失衡。而腐化官员的堕落，是肩负着公仆的责任，抛却先烈们的热血与信仰，在权与欲中倾斜，扭曲了灵魂，终将狠狠地跌落。这是思想的倾倒露泄。

芸芸众生，却总有凡夫俗子心比天高，高本无错，而身心以卑贱龌龊行尸走肉于世，祸及一方。此乃行为的平衡失踪。当今拥有人生平衡界点值得点赞的，不可不说篮球明星姚明。

这位中国篮球历史上影响力最大和最耀眼的人物，将中国体育带入了一个新的高度，却在巅峰时刻，向世界宣布退役。他清楚地悟出辉煌有限，人生需要平衡。

最要点赞的是我们身边的默默无闻、无私奉献的平凡的劳动者们。他们可以是官员，可以是工人，可以是任何一个普通人。只因拥有着无比坚定的信仰，把这信仰作为人生的平衡界点，前赴后继去实践。

　　如果把人的一生喻为登高过程，那么我想说，登高在于积，尽力用心终能达圣，做到心神合一。

　　如果把人生比作长途旅行，常思任重而道远，需要择地而息。这择地，即是平衡的人生界点。站在平衡界点，回首过去，充满喜悦；展望未来，信心满满。

世界未曾欺骗过谁

一次派对上，原来应该是开心的聚会，却在杯盏交错中演变成了批判会，引发者是卡琳娜、扎吉菲与塔里娅三人。

卡琳娜、扎吉菲与塔里娅三人都是不幸的。卡琳娜抱怨生活。因为她婚后第四年，花心的丈夫丢下她和两个女儿，与其他的女人生活在一起。而做了四年家庭主妇的卡琳娜从此不得不兼职做了三份工作，来养活一家三口。三年来，卡琳娜的生活用艰辛来形容，也并不为过。卡琳娜絮叨，是前夫欺骗了她，是生活欺骗了她。

扎吉菲是不幸的。一场疾病夺去她两岁的小女儿的生命，沉浸在悲痛之中的她，每每看见别人乖巧的小女孩，她总会悲伤不已。扎吉菲说，自己是虔诚的教徒，可上帝却欺骗了她。

塔里娅与两人不同的是，她的丈夫公司破产，塔里娅一夜之间从富人陡变成了穷人。破产的原因是合伙的朋友卷款而逃。塔里娅便归咎于人际欺骗，是社会欺骗了她。

此时，众人知晓，语言的劝慰不胜力量。眼见聚会要陷入僵局，不欢而散，丽莎走过来轻拍三人的肩膀，笑着说："我今天坐飞机过来时，忽然间发现，太阳也不公平。"

大家都惊诧地望着丽莎。丽莎接着说："不是吗？一个城市正阳光灿

烂，另一个城市却阴雨连绵。地球一半黑暗，一半却光明着。"

顿了一顿，丽莎又道："其实，太阳也是公平的。我们只不过需要拨开云雾，或者需要等上二十四个小时罢了。上帝也是公平的，他虽然带走了我的家人，带走了我的两条腿，但至少还留给了我双手，还留给了我生命。我怎能不快乐地享受活着的每一天？"

丽莎的家人在恐怖袭击事件中几乎全部丧生，她本人也失去了双腿，但是，戴着假肢的丽莎用她的坚强与乐观一直为大家所敬佩。听完她的一席话，卡琳娜、扎吉菲与塔里娅都羞红了脸，三人一下子站起来，紧紧地与丽莎拥抱在一起。参加派对的人都情不自禁地鼓起掌来。

是的，生活没有欺骗世人，假如你觉得生活真的欺骗了你，那么请你面向阳光，乐观地坚持，让昨天的悲伤，成为明天温暖的回忆。

勿以处处问经验

一个人要翻越一座大山，发现分叉路中一左一右，他不知该往哪条路最安全。这时，他遇见一位老人，遂向老人问路。

老人告知：根据经验，往左走，途中可能有猛兽，因为曾经有人在路上看见前面经过的人的白骨曝尸荒野，吓得返回来。而往右走呢，可能就是光明大道。因为几乎很少有人从右路返回来。

这个人想了想，决定向比较安全的方向右边前进。果然一路上平安无事。正在他高兴之余，忽然听到前方传来虎啸，听声音还不止一只老虎，而且正逐渐靠近！这个人大惊，赶紧退回来，然后沿左边的路前进。一路上虽然偶有尸骨陈于路边，却并未遇见什么猛兽，不久，他终于成功翻越大山。

在大山的尽头，他又遇见了那位给他指路的老人。

这个人觉得很奇怪，就质问这位老人为什么乱说呢。

这位老人微微一笑，说："你向我问路，我并没有骗你。我叫经验。之前翻这座大山的人的经验的确是如此。"

这个人又问："可为什么实际会与你所说的相反呢？"

经验老人说："你是聪明的。向经验问路，而不迷信于经验，在实践中改进。经验，只是一种曾经的经历积累，而世事，随时都是在变化的。"

脚步别被环境左右

在森林公园里当管理员的小熊卡卡有些迷惘，因为森林里的其他伙伴都被森林大王给安排到其他好地方去了，就只有不善于交际而又正直的卡卡一直被埋没在这里。其他伙伴也都劝说小熊卡卡向森林大王贿赂，那么小熊卡卡就可以前途无量了。

小熊很无奈，整日里垂头丧气的，就要向世俗低头。

小熊的心事被大象知道了。大象就请小熊卡卡去科幻城感受高科技的力量。在科幻城，大象与小熊卡卡体验的是"穿越太空"。小熊卡卡进入时，一片漆黑，走到"桥"的入口处，才可以看见自己已经置身于满天星光之中。而星光在不停地滚动，站在"桥"上，也分明可以感觉到"桥"也在随着翻滚。小熊卡卡小心翼翼地迈出几步后，已经不敢再前行。卡卡一阵头皮发麻，全身大汗，紧紧地抓住栏杆，唯恐自己没有抓紧而被摔到太空之中。

这时，卡卡的身后传来大象洪亮的声音："看前方，往前行！"大象的一声猛喝让小熊卡卡猛然醍醐灌顶。卡卡迈开步伐，很快地走了过去。走完"穿越太空"，小熊卡卡心有余悸，不是为"太空"中的危险，而是回想起自己经历的种种：因为被威慑乱了方寸，慌软了手脚，在险恶的背景中沉迷，差点儿就失却了方向，失去了自己。

　　都说"不能改变环境，就去适应环境"，在适应的环节上，有人保持本分，去理解，宽容，淡定面对；有人屈服，失去纯真，不顾一切地迁就、沦陷，而失去自我，被环境左右的脚步，没有了方向和目标，只能随波逐流。其实，在成长的路上，环境只是成长的外在因素，在不利的环境中，"看前方，往前行"更重要！前进的脚步，一定不能被环境左右！

逆流而上的石狮

　　一条小河静静地从寺庙前流淌。驻守在一座寺庙中的石狮向着小河的上游静望。它希冀有一天，自己能到上游去看看。日久天长，石狮怪异的动作让大家猜疑，得知石狮的奇怪想法后，石狮遭到了寺庙周围树木的嘲笑。

　　不久，山洪暴发，庙门倒塌，石狮掉进了河里，周围的树木也被洪水冲流而下。倒在洪水中的石狮固执不动，河流中其他物品都劝它随波逐流。石狮说想去上游，众物都嘲笑不已，弃之远去。

　　水流携带着杂物冲击着石狮，石狮忍受着刺痛，它坚持着。洪水又从水底卷起沙砾打击石狮，越来越多的沙砾让石狮睁不开双眼。石狮闭着双眼，咬牙承受。沙砾最终与石狮擦肩而过，顺流而去。

　　慢慢地，石狮前面的沙砾减少，留下了一个坑。石狮奋力一挣，竟向前翻了过去，但是石狮却是头着地。即使如此，石狮也兴奋不已，因为它已经向上游前进了一步。又经历了沙砾、水流的冲荡，不久，坚持不懈的石狮前面又出现了坑陷，石狮又前进了一步。

　　就这样，数月以后，石狮已经逆流前进数米。

　　站在高处，石狮收获之前所没能得到的景致。再回首，那些随波逐流的树木早已腐烂变质，不知所终。而唯有石狮，因为坚信前进而取得成功，逆流而上，并非想象，理想得到实现。

蜜蜂般快乐地工作

　　动物王国的小蜜蜂因辛勤采蜜而被授予奖章。蜜蜂的发言词是：

　　其实，我只是为了生活。因为个人的生活所需，所以采蜜，而成为食物，而酿造成蜜。在这个过程中，辛劳着，但却开心着。至于说奉献，其实我真的很平凡。只是因为个人所需的量不太多，所以就存储下来，酿造成被大家赞扬的蜂蜜。人们将我储存的蜂蜜割去，再赋予我无私奉献精神，说真的，我有些愧不敢当。

　　掌声再起，为蜜蜂的无私奉献，更为它的真诚与谦逊。

　　这当然是个童话。但这个童话却告诉人们：人生亦是这般。

　　有一种病叫职业倦怠，并且还是流行的。闻宇航就是患者之一。闻宇航其实工龄并不长，在工作中，付出过激情，然而人际、绩效等方面的烦恼接踵而来，因而生出些许厌倦，甚至会是抵抗。他想要跳槽，但他明白，新的环境中，之前的问题也许会有改变，但新的问题又会来，自己抑或更加难以承受其烦扰。

　　处于困境中的闻宇航发现单位的一位同事已经年近半百，家中除有年迈的老人，还有一个正在上大学的孩子，一家人的生活几乎就靠他的工资支撑，但工作中这位同事却总是充满活力，极少有一丝消极怠工情绪。

　　是什么原因？这位同事说，原因就在于自己的心态。

　　不错，快乐也罢，幸福也罢，悲伤也罢，空虚也罢，我们被心态左右着。怎样让自己被良好心态感染，这很重要，但人大多是感性的动物，很难不受情绪控制。那就忘却，如果不能忘却，那就转身，把当前留给自己的后背，至少，烦恼可以不储存。

　　人生中总有些也没办法格式化的事情，我们只能面对个人生活所需，何不快乐工作着；个人所需曾倚靠别人，当然也可把自己的剩余价值留予别人，而淡然视之，不亦快乐哉？

　　现在很多人都有职业倦怠，为工作而工作，为混日子而重复，不能从工作中获得任何满足。这些是极度危险的工作意识。

　　快乐地工作吧，在工作中享受乐趣。只有独立运用自己才能地工作才是快乐的；只有建设性劳动，最终才能成为工作的主人；把工作中的每一次重复看作自己成功的点滴，未尝不可以从中享受到乐趣。至于其他的，快乐地与别人分享着，也是一种快乐，这是蜜蜂的快乐，也是超然人生的快乐。

等一枚果子成熟

行者经过海边，借宿在一渔户家。行者看见渔户整日都待在家中，并不出门。

行者问："你为什么不出门去打鱼或是做点其他什么事情呢?"渔户说："现在是休渔时期，我要过三个月才能打鱼。我现在就待在家中等三个月快过去。"行者问："你是才学打鱼吧?"渔户点点头。

行者说："你反正闲着，我给你讲个故事吧。"

"一只寒鸦决定自食其力，所以它种下了一棵无花果树。经过辛勤劳作和管理，无花果快成熟了。眼看着快成熟的无花果，寒鸦高兴极了。它高兴地想着，自己就快要有果子吃了。于是，寒鸦每天都不再出去找吃的，就在树上等着，望着还没有成熟的果子，心里想着果子成熟的那一天。"

顿了一下，行者问："当然，最后寒鸦没有吃到成熟的无花果。"渔户奇怪地问："为什么?果子掉了吗?"行者说："寒鸦在果子成熟的前一天，给饿死了。"

渔户感叹道："真是只笨寒鸦! 它可以出去找吃的啊! 不就可以等到果子成熟了吗? 真可惜!"说完，渔户脸就红了，小声地说："我和寒鸦一样笨。我现在可以做其他事情维持生计的，或是把网补好，以做好打鱼

的准备的。"

等一枚果子成熟，看似荒诞，现实生活中类似的情况却比比皆是。比如写稿子，有的人写完一篇，就静候着它的发表，却不知完全可以再去写其他的，或是找题材等等。比如付出关爱，有人一定要等到别人的回报才进行下一回的奉献。还有其他开发创造、研究发明等等。

种下希望，才会有成功。但若只看到希望，就去祈盼希望，就放弃其他一切去静静地等待希望，是多么愚蠢的行为。最悲哀的可能就是，希望的成果来临时，我们却已无力拥有。其实，我们可以多种下几个希望，收获或许如期而至。至少，一个希望破灭，还有其他希望，而决不会做只等候一枚果子成熟的寒鸦。

第二辑

珍惜拥有，成就自己的天空

珍爱自己，也珍爱别人的心灵。

珍爱能给人无声的祝福，珍爱似一缕春风，

给人身心的舒畅；

珍爱能给人心田的滋润，

珍爱似一句句问候，给人春天般的温暖。

珍爱可不只是一句话，而是行动，

会给人无限的前途。

珍惜自己，珍惜生活

森林里有一种大灰熊，除了水牛和另一种黑熊外，几乎能够击倒其他所有的动物。然而在某天晚上，却出现另一幕情景：一只臭鼬居然和大灰熊一起共享晚餐！大灰熊的巨灵之掌为何没有挥向那弱小而可恶之辈？无疑大灰熊是聪明的。它不想给自己惹麻烦。

一个行人闻到路边草丛里传来阵阵恶臭味，遂躬身拂开杂草，发现一堆粪便，心中愤恨，抬腿一脚，其结果是臭味难当，还惹来一身骚，祸及自己。

生活中有许多事与此类似。人与人之间的钩心斗角，或挟愤报复，往往两败俱伤，害人害己。与大灰熊相比差之甚远。

扔掉心中的那些刺

一位游人在旅途中被路边的刺所伤，他在痛恨之余找到那根刺，心中恨恨地说一定要找个地方把这根刺烧为灰烬。于是游人就带着这根刺上路了。殊不知，这根刺总是在路中不停地刺伤游人，又加之路途中荆棘丛生，游人恨意不减，被刺得遍体鳞伤，最终抑郁而亡。一根小刺，要了游人的命。

还有一个故事。以打猎为生的猎人在捕杀熊的时候，先盛一碗蜂蜜放在地上，在碗的上面悬一根木棒。熊为了吃到蜂蜜，必须推开木棒。结果木棒被推出后弹回来，撞了熊一下。正欲吃蜂蜜的熊很生气，使出更大的力气推木棒，木棒再弹回来时狠狠地击在熊的身上。就这样往复，熊最后被撞死在蜂蜜前。

无疑，游人和熊都是愚蠢的。而实际生活中，又有几个人没有犯类似的错误呢？游人的"刺"与撞死熊的木棒不正是生活中的一些挫折打击吗？其实我们只需要把它放下，把刺扔掉！

从影子里面看人生态度

几名学生即将毕业，导师说要给大家上最后一课。

他们来到第一间屋子。导师不断地将灯光调亮，问大家有何感。学生们都说，灯愈亮，身后的黑影就愈深。导师带着大家进入一间漆黑的小屋。导师问，还能找到阴影吗？大家摇头。导师说，这阴影好比流言蜚语，越是光环照人便越招人妒忌，而至黑则一无所有。

导师领着学生来到一间手术室，摁亮无影灯，问："你们现在还能看见影子不？"众人摇首。这时一个学生接过去说："是这样的。人活在世上要有多个目标，不为一己得失而走偏狭，方能前景光明。"导师点点头。

走廊上，一学生面向路灯行去。导师问："你能见到自己的影子吗？"学生摇头。导师让那名学生背向路灯而行。学生说："跟着阴影走，阴影会越来越长。"

导师语重心长地说："这就是人生。你就是真实的你，而阴影将伴随一生，就看你怎么去面对。只要有光明的地方就一定有黑暗。每个人在阳光下的角度不同，阴影也是不同的。这是生命的态度！"所有的学生沉思了一会儿，鼓起掌来。

心中的围墙要拆除

　　一位而立之年的年轻人自认饱经沧桑，对工作渐渐失去激情，每日里机械而被动地重复着写材料、送文件。下班过后，他就在郊区买下的有园子的农家小舍里精心打理着各种花草。当鲜花盛开，园子里的芳香与艳丽让他沾沾自喜之余，又担忧恐慌起来。几经思量，他花钱建起了一堵围墙。这下，年轻人才放下心来，他觉得花儿不会被盗或是被别人来采摘了。日子就这么波澜不惊地重复着。

　　一天，年轻人的朋友来探望，随行的还有朋友的父亲——一位哲学教授。在一阵闲聊之后，这位教授诚恳地说："年轻人，你这小园子不错！可就是……"

　　年轻人疑惑地看着朋友的父亲。"可惜，你在花园里只能孤芳自赏。外面的人无法知道其中的美景，而你也不能感受到园外的春意盎然！这一切的原因来自这堵围墙。"教授顿了一顿，语重心长地说，"其实每个人心里都有一堵围墙，既想使自己发光闪亮，却又惧怕受伤害。这是人性的自卑与自尊在作祟啊！因为自尊，而会用尖锋刺人；因为自卑，总是将自己闭锢。这种自尊与自卑就是消磨人意志的围墙。"

　　年轻人沉思良久，终于醒悟：人要有所作为，就要放低自尊，敞开心胸，勇于展示自己的优点，别人才能知道你的才华；而另一方面，又要紧闭自卑，去发现人生中的美好，善于去探索，去创造，就要拆除心中的那堵围墙。

阻碍的三种力量

一位飙车手在飙车的过程中，高速行驶而冲下悬崖，车毁人亡。事后的勘查表明，这位车手在平川地段时疯狂驾车，而车在驶出平川，进入曲折的山路后，他竟从未踩过刹车！这是位车技娴熟的车手，但因为自负，摒弃了使用车刹减缓速度，最终失去性命。车刹的阻碍，是完全可以挽救回他的生命的。

一艘出海的渔船，由于受到风暴的袭击，发动机严重受损，渔船迷失在茫茫大海之中。经验丰富的船家立起桅杆，升起风帆，在海风的帮助下，历经十几天的漂浮，终于获救。帆布对风的阻碍，其实是风对船家的扶持。一批又一批的寻宝者听说一个小岛上藏有珍宝，前去探寻，结果被一条大河阻挡，与小岛遥遥相望。有的涉河而过，却葬身于河水之中；有的望河而返；有的一筹莫展，怨天尤人；唯有一位寻宝者，伐木造船，做起渡船的营生。一批批乘兴而来，空手而返；而这位寻宝者却稳稳地赚取了无数寻宝者的钱。

到小岛被开发成旅游景区时，这位当初靠木船起家的寻宝者，已经率先办起了旅行社，成为当初寻宝者最后的赢家。同样的阻碍，对盲目冲锋者而言是生命的终结，对胆小者而言是遗憾的退却，对成功者而言却是转机。阻碍，可以是前进的障碍，也可以是前进的扶持；可以是生命的终结，也可以是生命的挽救；可以是事业的绊脚石，也可以是事业的新起点。

化仇恨为动力是明智

他只是一个10岁的孩子。在8岁之前，他生活在光明之中，拥有优越的家庭条件，这也滋生了他胆怯懦弱的性格。

8岁那年，他的父母不幸被杀，他的家园被人毁之一炬，那刻躲在屋外草丛中，吓得瑟瑟发抖的他侥幸留得一条小命，也用惊恐万状的眼睛记下了那个凶手的面目。

余下的日子里，失去依靠的他，没有人照顾，也无亲可投，沦为乞丐，苟且偷生，一双受惊的眼睛是他最大的特点。那一天，他和他心中的恨相遇了。凶手并不认识他，还给了蜷缩在角落里的他一些小钱。他眼睛一亮，原本萎靡不振的精神在瞬间勃发，凶手还没有来得及反应过来，他已经拾起身边的一块断砖，抢向了凶手。接下来事情就简单了，他和凶手都被带进警局，凶手受到相应的处罚。而他出了警局后，当地人就再也没见过他的身影。若干年以后，人们才知道，他已经成为一名特警。关于他孩子时期的传闻，大家都说没有想到。没有想到，一个仇恨，会让孩子充满力量，重新振作精神，有了勇气，在仇敌面前，奋不顾身。他的成功，无疑是仇恨带来的。

而蛇蛙用自己的行动告诉世人，仇恨还会带来什么样的结果。蛇吃蛙，可蛇蛙却专针对蛇。蛇蛙不愧为蛇的克星。蛇蛙对蛇的仇恨表现在

对付蛇的形式上。蛇蛙一见到蛇，便会紧紧地抱住蛇的颈部，任蛇怎么咬也不行，想要挣脱更不行，蛇蛙会至死不松手，最终蛇气绝而亡。奈何，蛇蛙对付蛇的方法被聪明的人利用了。人们把树枝涂成蛇身一般，随便扔在蛇蛙出没的地方，蛇蛙不分青红皂白，总会牢牢冲上去死死抱住，最终被人捕捉。是什么让蛇蛙被擒？是仇恨！仇恨让蛇蛙失去理智，仇恨带给了蛇蛙盲目冲动，仇恨令蛇蛙失去理智。仇恨，转化成了灾难。

有人的地方，就会有过失。过失会产生误会，误会有时会生化出仇恨。仇恨面前，有人漠视，有人刻骨铭心，有人宣泄。化仇恨为动力最为明智。仇恨过后，带来的却有动力，有延续，有生机，更多的是毁灭。人生短暂，最好还是不要仇恨，无法避免仇恨时，化敌为友或许是佳径。

美，有时是陷阱

狐狸不知从哪里得到消息说刺猬肉吃了可以长生不老，于是贪婪的狐狸就开始为自己的长寿打起主意来，把目光放在了邻居刺猬的身上。

虽然狐狸对刺猬姑娘的肉垂涎三尺，但是它一想到刺猬那满身的硬刺，就不知如何下手。这可真是把狐狸急得团团转。一天，狐狸无意中看到了一张报纸，上面报道要举行选美大赛，它眼珠一转，马上想出了一个妙计。

狐狸来到刺猬家，假惺惺地说："刺猬姑娘，告诉你一个好消息：咱们森林要举行选美大赛！"刺猬姑娘从窗子里探出头来对他说："真的吗？那我可要去欣赏啰！"狐狸着急地说："不只是去看看，你可要珍惜这个机会啊！""我？"刺猬一脸疑惑。"是啊，大家都说，八成是你刺猬姑娘勇夺冠军，可就是——"狐狸看了看刺猬得意的神情，话说了一半，故意停住了。"可是什么？"刺猬忙问道。"大家说，你虽美丽，可满身的刺不如绵羊弟弟的卷毛好看……"狐狸慢吞吞地说，然后就走了。

刺猬听了狐狸的话，一下子就动了心，立刻到理发师黄牛大叔家，求黄牛大叔把它的刺全拔了。老实的黄牛大叔也没问为什么，就真的把刺猬的刺给全拔了。

等刺猬美滋滋地往家里赶时，早把一切看在眼里的狐狸已经在路上等候多时，一下子就把刺猬给撂倒。狐狸大笑着说："终于得到长生不老的刺猬肉吃了！哈哈，我可以长生不老啦！"刺猬这才明白狐狸的诡计，只能闭目等死。正在这时，大象伯伯路过，一声大吼，把狐狸吓得丢下刺猬撒腿就跑。刺猬最后还是得救了。

得救的刺猬记住了一个道理：要善于识别真伪、善恶与美丑，不能轻信谗言。

关系犹如细胞

"我讨厌关系！"青年气愤地对高僧说。

"为什么？"高僧平静地问。

"关系就是腐败。读书时，选择好的学校要靠关系；参加工作时，要找关系求人帮忙；晋资升职，没有关系一切免谈；那些升官发财的人，没关系也要找关系来开路！您说，生存怎么都靠的是关系呢？"青年甚至捶胸顿足。

"你的生命是谁赋予的？"高僧仍平静地问。

"父母。"

"你和他们是什么关系？"

"血缘关系。"

"你能独自完成你工作中的全部事务吗？"

"不能。"

"和谁一起完成？"

"同事。"

"与他们什么关系？"

"同事关系。"

"生活中遇到困难时，有谁会帮助你，是什么关系？"

"周围的人帮助过我，是朋友关系。"青年在高僧一个接一个的问题中渐渐少了戾气。

"还有哪些关系？"高僧似乎不准备停止下来。

"太多啦！上下级关系、家庭关系、利用与被利用关系、买卖关系……关系无处不在。问题是此关系非彼关系！"青年非常委屈。

高僧笑了笑，说："关系犹如细胞。只要有生命的存在，关系就存在。关系给人依靠，促进生长；关系又导致攀附，招灾惹祸，是软弱事物生存的条件。细胞可以造血，也会癌变，关系亦是如此。我们摒弃关系，又维护关系。清者自清。人生不能苛求别人，但定能从自身做起。"

一己为人，众人是天

儿子和父亲到烈士陵园瞻仰。

之前接连几天的梅雨，滴滴答答地似要冲进人的心底深处，拨开乌云，也只是见着雾霾。

儿子与父亲坐在林间石凳上休息。

忽然，儿子不解地问："来这里的人都是瞻仰先烈的吗？"

父亲随口应了一句："是啊。"

儿子马上又问道："可是，你看他们……"

父亲抬头一看，来这烈士陵园的人虽不能说络绎不绝，但可以用车来人往形容。

林间小路上，有几个上了年纪的人，在按着均匀的速度慢走；穿着艳丽服装的几名女子，一路欢声笑语，在有雕像的地方，矫揉造作，摆出各种动作，只为留下到此一游的印记；一名孤单的中年男子，随意地、轻松地晃游，仿佛是在觅人；还有不同肤色的人，胸前挂着长长的镜筒，分明是境外旅行者。而这些人，都是为着自己的目的，似乎与瞻仰烈士无关。

看着眼前的一切，父亲对儿子说："每个人都有他自己存在的理由，都有其独特性，就是一个必然的个体。"

儿子接口道:"正是许多个体的存在,丰富了世间万物。"

"直白一些说,我们生活的每一个细小方面,都是由许多个体创造而成,比如食用盐,是由捞盐工人、船员、制盐工人、运输员工、商人等无数的人合作,最后才成为调味品。"父亲顿了一下,接着说,"先要有个人,才有美好的世界,这叫一人犹存,得见世界。而一个人的参与,世界却并不会随之而改变,毕竟个人的力量是微薄的。正所谓一己为人,众人是天。"

沉思良久,儿子轻松地说:"我明白我该怎么去工作了。"

暖阳下,经历昨夜雨水冲刷的一事一物都显得格外洁净。

拒绝结局早知道

什么是最赚钱的生意？什么会是最受人们欢迎的？高科技研究所的牛博士不仅找到了项目，而且把它给研发出来，那就是出售"早知道"。

"早知道"一传开，上门购买者众多，牛博士赚了个满堂红。

赚足了钱的牛博士想调研自己的成果，就进行了深入追踪，结果大家都在睡大觉！牛博士大吃一惊，问及原因。

未来成功者傲慢地说："反正最终都会成功，现在无须奋斗，坐享其成便可。"

未来失败者气馁地道："既然将来都是以失败告终，一切都是瞎折腾，皆徒增烦恼而已，何苦呢？"

而更多平庸的人感叹："世事尽浮云，生者逝，来必去。结果都是惨不忍睹，生又何用，死亦何妨。人生白来一遭。"

牛博士知道自己犯了大错，赶紧销毁"早知道"！牛博士感慨，早知道结局是这样，就不会去研创"早知道"，最关键的是自己该先试用！

人生是应该拒绝结局提前知晓的。细想，生活中当是如此。看影视剧，被吊胃口而牵肠挂肚，却会按点坚守电视机旁；新技术开发后，便欲

用电脑查到后续，迫不及待或是一鼓作气地看到结局。更有直接干脆先看结局，殊不知，看后满足一分钟，十天都会不开心；就这样？再想调到前未曾看过的剧情，却再激不起兴趣，这就是结局疲劳。因为知晓结局，而疲乏于过程。

既然结果已知，又岂会尽心做事？人生最美在于过程，有经历才是人生。

有时，阻碍自己前进的，就是已知。最完整又完美的人生，是拒绝结局提前知晓，拒绝结果"早知道"的。

有种疼痛看不见

　　一枚被河水冲到岸边的鹅卵石静静地躺着，享受着日光浴，偶尔有水流轻轻地抚摸它光滑的躯体，让它有一种难以言状的惬意。

　　不久，鹅卵石被一双温润如玉的手拾起，被百般怜爱，自豪感从心中升起，鹅卵石有些自命不凡了。谁知，好景不长，它被丢弃在路边。冷落，风吹，雨淋，日晒，这些都让鹅卵石感到越来越难受。

　　当一辆又一辆车的轮子无情地从鹅卵石身上碾过，压迫让它难以呼吸，它觉得这该是最难受的。回想当初，要是一直在河水中该是多美好的事情。

　　就在鹅卵石觉得窒息时，它一下子腾空飞了起来，还没有享受到飞翔的乐趣，它只听见砰的一声响，就掉落在地面了，它知道，自己的心被撕裂出了一条缝，全身都在战栗。正想要调养休整的鹅卵石又飞了起来，这一次，它没来得及听到声音，眼前一黑，身体的一半已经离它而去，撞击在金属栏杆上。

　　此刻，鹅卵石已经没有疼痛感，只感觉到身体都已经不属于自己了。无力地望着自己的另一半，欲哭无泪。

　　让鹅卵石感到庆幸的是，被分成两部分的躯体，很快地就又被投进河

水之中。回到河水之中的半块鹅卵石有了伤痛感，伤心地说："岸上的生活经历太残酷了，带给我的全是伤痕。"

在河水中，一块巨石听了，长叹一口气，自言自语地说："真正的伤痛不是你直接感触到的，而是潜移默化的改变。"

半块鹅卵石不懂。只是N多年以后，河里又多了两块小的和一块大的鹅卵石。

也为别人开一扇便利之门

新城的韵和小区，在设计规划时就把绿化放在首位，力争要做成新城的最佳绿化住宅区。

投入使用后，人们徜徉在绿色园林之中，倒着实感受到了城市中的绿意与生机。

然而，不久，小区物管就发现问题出现了。因为小区里绿化区比较多，在小区的东门进出口处有一大片草坪，在修建围墙时，为了让这片绿意更加与城区接壤，所以就只用了仅一米高的铁栅栏。可不知什么时候，草坪中已经踩踏出了一条通向铁栅栏外的"小路"来！这是小区里的一些要绕过东门口再往左行的人为节约时间而"开创"的捷径！从小区东门口出去，再绕到左边铁栅栏外沿，大约需要五分钟时间。虽然多花不了几分钟，但显然是有人开了头，于是就有了越来越多的人依样画葫芦。

最令人吃惊的是，原来还需要费力迈过的铁栅栏的尖端，已经不知何时被砸出了个缺口来，这样就更加便于人们跨越铁栅栏。

小区物管发现问题后，就加强了监督，也提醒过翻越或即将翻越的人们，可并没有起到作用，反倒是激化了物管与小区居民的关系。原因很简单，物管不可能时时监管，所以走捷径的人一直在，可物管偏要找那些或

许无意中去走那么一次的人的"麻烦"，这可让被损面子的人格外窝火。

物管经过商量，找来些枝丫，把草坪的前后给拦得密密实实的。起初几天，效果显著，倒是没了人去践踏。可几天后，枝叶败坏，露出了漏洞，人们又开始穿行其间，而且，草坪中残枝败叶也将草坪里的环境破坏得一塌糊涂。小区居民又有意见了，称物管管理不善。差不多两年里，小区的居民就这样与物管耗上了。

一筹莫展的物业管理人员最后只是做了一件事，就把这问题解决了。

在这片草坪的西面，本来有一条小道连接进小区。只是因为物管为了便于管理，把铁栅栏做的门用两把链子锁给关了。经过权衡，物管取下了这两把锁，每天早上把铁栅栏门给打开，每天晚上再关上。便利之门向居民开放了，从此，草坪再没有人去踩踏。纠结人心的痼疾就这样迎刃而解了。

这只是一件小事，挺平凡普通的小事。但细细想想，这件小事的道理却是和许多事情相通的。人们去某些部门办事情，因为种种原因，会有走不完的程序，过程又相当烦琐，于是，一些人开始另辟蹊径，自然就滋生出种种腐败来。而解决的方法其实很简单，职能部门直接办理，为其开通便利之门即可。省去了搪塞，忽略掉推搡，别把百姓阻挡在门外，人与人之间的平等与和谐便自然生成。

第三辑

幸福在于认识自己

人们用明亮的眼睛，来寻找幸福。

眼睛能看世间、看万物、看他人，

有些人却看不到自己；

只看别人的过失，却忽视自己的缺点；

有些人挖掘他人的贪婪和愚昧，容忍自己的吝啬和无知。

幸福人生要多些反思，多些扪心自问，

多些认识自己，幸福不期而至。

爱在平凡的温暖小事中

　　这对母女是我在一档地方娱乐节目中看见的，平凡而普通的一对。

　　节目要求两人比赛吃西瓜，先吃完有奖，后吃完就受罚。比赛开始后，女儿用狼吞虎咽来形容绝不为过，连主持人都担心她噎着。而母亲却保持着那份矜持，慢条斯理，那么优雅地浅浅品尝。当然，一眼可以看出母亲有意让女儿赢得奖品。果不其然，女儿吃完后，母亲只吃了十分之一不到，却微笑着看着女儿从主持人手中领取奖品。接下来，就是对失败的母亲的惩罚。

　　这时，女儿却一把抓过话筒，说了一句："我可不可以提个要求，我愿与母亲同时受罚？"

　　一下子，把主持人给弄蒙了。一直以来，胜的一方都是欢呼着让输的一方受罚，而这次队员的表现可是出乎意料。机智的主持人马上反应过来，当即说："当然可以！"而我们却看见，母亲在那一刻，眼泪止不住地流了下来，一把把女儿搂在怀中。主持人赶紧打圆场，母亲却怎么也控制不住泪水。

　　"受罚"其实就是在热天下，用冷水从头泼下，虽然凉爽，却也狼狈。女儿却让负责"惩罚"的人把整桶水尽可能地往自己头上泼下，在整

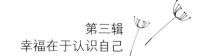

个过程中，母亲除了不停地擦拭泪水，就是满脸幸福。当主持人问她为什么流泪时，母亲才说出，原来多年以前，她的丈夫抛弃她和女儿后，她一直与女儿相依为命，虽然生活过得不是很宽松，但看见只有9岁的女儿如此懂事，她觉得非常幸福。

9岁的女儿用自己的行动声讨了不愿为爱承担的父亲，怎能不让所有在场的人感动？

爱，是付出，也有回报。爱是享受，更是责任，需要承担。爱是温馨的，爱是美好的。而更多的爱，却是平凡温暖的小事。

懂得珍惜，才能与快乐相伴

听说有人要去寻找快乐，四处的人都蜂拥而来跟随他。当这个人看到有这么多人要陪同他去，他很感激地对大家说："谢谢你们！我一定不会辜负大家的期望的。"没有想到他的这句话刚说完，近三分之一的人就议论起来："我们可是为自己去寻找快乐，而不是为这个人出力的！"于是这些自私的人离开了。

寻找快乐的人们出发了。当他们路过海滩时，沙滩上的漂亮贝壳让一些人开始流连忘返，他们捡起一个个美丽的贝壳，任前行的人们百般呼唤，也充耳不闻。人们舍弃了这些贪欲太重的人继续上路。

在经过一片原始树林时，林中跳出猛兽，人们奋起抵抗，虽然累得精疲力竭，但终于赶走了猛兽，但正在人们庆幸时，偏又遭逢暴雨，队伍中软弱怕事的人打起了退堂鼓，放弃而离开了。

在以后的日子里，历经翻越大山、长途跋涉沙漠等等后，人们碰见一位老人，寻找快乐的人向他说明自己的来意。

这位老人说："你已经找到快乐了。"这个人奇怪地问："可是我还没有到达目的地呢？"这位老人说："你转身问你身边的人就知道了。"

这位寻找快乐的人发现自己的身后只剩下三个人了。

　　这个人很高兴，问他们为什么没有放弃。第一个人大声地说："我叫坚强，不论遇到什么困境，我总会告诫自己，困难总是会过去的。我现在遇到的还不是最糟的，因此我总是勇敢地去面对一切困难。"

　　第二个人平静地说："我叫坚持，是坚强的兄弟。我对自己怀着的信念不放弃，所以我每时每刻都有无穷的力量支撑我前进。"

　　这时第三个人主动地说："我叫珍惜。我对拥有的一切都十分珍惜，并心存感激。"

　　这个人还是不懂，便问道："你们说的这些我都明白，可是你们为什么一直跟着我呢？"

　　这时那位老人说话了："不是他们跟着你，而是你已经拥有了他们三者，恭喜你已经拥有了快乐啦！"

　　这个人一下子就明白了，又接着问："那我现在又该何去何从呢？"

　　老人笑着说："你带着你的三个朋友，去游历人间吧。让更多想要得到快乐的人看见，并能懂得，只有摒弃自私、贪欲，克服软弱，学会坚强，学会坚持，并懂得珍惜拥有的人，才能与快乐相伴。"

小心巅峰处的危险

吉非历经千难万险，终于爬上了世界的最高峰。

站在巅峰处的吉非举目远眺。群山皆踩在脚下，他伸出双手，大呼："万物唯我独尊——"他的话语被飞过的小鸟听见，小鸟笑出了声。吉非很生气，拾起地上的石子向小鸟扔去，惊得小鸟四散飞走。

得意的吉非沉醉于巅峰处的精彩，好不惬意。一阵风吹来，险些将他吹倒。吉非非常恼火，捡起地下的石头向风扔去。"唉"的一声，却将山下的人惊吓一大跳。

吉非想，戏弄一下山下的人也很好玩，便不停地往山下扔石头。终于，下面一阵惊叫后渐渐安静了。

吉非觉着无趣时，头顶一阵轰鸣，一架飞机飞了过去。吉非原本以为自己就站在最高的巅峰，这下明白了，还有更高的地方。他奋力地往上一跳，想要跳到更高，不料，脚下一滑，往山下跌落。

庆幸的是吉非在摔倒的瞬间，抱住曾经脚踩的地方，悬在半空之中。他拼尽全力想要爬上去，却怎么也做不到。

于是他向四周求救。然而，巅峰处本就极少有人来，而半山中和山下的人也因为受到他的捉弄而离开。

唯有风中传来他那无助的求救声陪伴着他。

正在这时，他所攀附的地方，也因为他刚才为捉弄别人，挖走了石头，最终无力承受，吉非随着石块向深渊坠落下去。

直到最后一刻，吉非才明白，没有永远的最高处，任何巅峰，都是暂时的，并且可能是最危险的。

人生里的公转与自转

青年向禅师请教。

青年问："大师，人活着，应该为社会造福，是吗？"

禅师点头。

青年有些疑惑地问："可是人活着，要怎样才能为社会造福呢？"

禅师平静地说："只要好好地活着。"

青年追问："这样的话，每一个好好活着的人都在为社会造福。其实没有了谁，这地球照样转动。可见，没有你我，社会也被推动着前进。"

禅师点点头。青年不屑地说："那世间万物皆空。人活着，岂不都只为自己而活，谈何奉献！"

禅师沉思了一会儿，缓缓地说："地球绕着太阳作公转；而地球本身又在自转。因为公转与自转，地球上的生灵才得以生存。然而承载着无数生灵的地球在茫茫宇宙中也只是沧海一粟。不可否认的是，宇宙中，一定有地球自己的位置。"

顿了一下，禅师接着道："人的一生，也可看作地球的公转与自转。为社会而公转，为人生而自转。人的一生短暂，却也曾在苍穹中发光发热。"

青年恍然大悟："我明白了。我首先要为自己好好地活下去，才能带动周围的人快乐；而用我的工作间接地为社会做出贡献，虽然微不足道，却也能积少成多。"

禅师点头微笑。青年拜谢而去。

自己的生命不被别人保证

　　一个孩子出身于贵族家庭，在他10岁生日那天，嘉宾满堂高座的时候，一位颇有点来历身份的人对孩子及他的父亲说："这位孩子是文曲星下凡，将来一定会成为文学家的。"

　　在父亲以及这位嘉宾的规劝下，这个孩子放弃了他的绘画爱好而学文学。结果十多年以后，他除了仅有一篇作文曾经在校报上刊发过以外，就再也没有其他佳作现世。

　　不爱阅读的他却仍然对熟悉与不熟悉的人炫耀着他将来会成为文学巨匠！曾经的嘉宾保证，或许是一句良好的祝愿，或许是一句奉承的话，结果就让这个人的一生都活在那句无聊的保证之中。

　　与之相反的是，一个淘气的孩子上课时因为调皮捣蛋，生气的老师将他叫到办公室里狠狠地剋了一顿，还冲口而出一句："就你这蠢样，我保证你将来没有一点儿出息！"多年后，一位著作等身的学者返乡讲学，并将那位老师邀请到场。

　　他就是那个淘气的孩子，他讲述了往事。最后他说："我一定要感激当年老师的刺激。如果没有当年老师激发我自身的潜能，我不会把屈辱化为力量，也不会成就今天。"那位老师为当年的冲动感到抱歉，而这位学

者说："老师您是对的，没有错。其实最主要的是我们要用正确的方式审视自己，创造属于自己的天地。"

不错，别人的言语不是自己生命的论断。自己的生命在自己的手中，自己才是最有力的指挥者。

每件事物都要尽显其值

一名云游僧到白云寺向住持禅师虚心求教。

住持禅师以礼相待，让这名云游僧到客堂喝茶。禅师自己端起一杯茶先饮一口，便递给云游僧。云游僧有些疑惑，但还是接过茶杯，端起住持禅师没有喝完的茶来到门外，将茶水倒掉。

住持禅师说："万物都有各自的价值，只是价值大小不同而已。比如刚才你为什么要把剩下的茶水给白白浪费掉呢？或许它对花园里的小花小草是非常重要的，相对这连日的高温天气，这些茶水可是具有无限价值啊！"

云游僧平静地说："自是如此。我正是用这剩下的茶水浇灌了花园里的那些即将枯萎的花草。"

住持禅师起身走到外面一看，果然，刚才这名云游僧将茶水倒在门外的花园里那些奄奄一息的小草的根部！

云游僧说："一直以来，我都是这样做的。我相信，每一样东西都会有它不可或缺的价值的。这叫物尽其值。"

住持禅师倏地向云游僧礼拜，说："您才是真正的高僧啊！今日我受教啦！"

　　于是，一开始还有些怠慢的住持禅师对这位云游僧盛情相邀，云游僧就留下来住了一个月，两位禅师互相切磋，果然都获益匪浅。

　　事物的存在，都有其意义。而物尽其值，虽然简单，却值得人们毕生探索。不是光停留在嘴边，落实到具体的行动之中，才能让每件事物的价值得到最大限度的体现。

成功之本，从需求入手

两个城里的孩子到一个农民家中做客，农家孩子便相邀新伙伴去鱼塘垂钓。

在池塘边，只见农家孩子不停地收线、扔线，鱼也一条接一条地上钩。而两个城里孩子的浮粒却一动不动。农家孩子觉得很惊诧，就问："你们下的钓饵是什么啊？"两个孩子说："我们喜欢吃奶酪和饼干，就用它们做的诱饵。"农家小孩听后哈哈大笑："难怪，你们只按自己的喜好，不清楚鱼儿需要的食物，鱼儿怎么会上钩？"说话间，又一条鱼已经钓起来。只见他取下鱼后将一条蚯蚓穿在钩上，再抛入水中。两个城里来的孩子方才醒悟：原来鱼儿喜欢的是虫子，而不是自己喜欢的饼干等。

生活中，人们往往也会犯城里孩子同样的错误。由于不懂而失败，却还总是按自己的意愿去做事，殊不知，想从对方那里获得成功，必须换角度思索，针对对方的需求，从别人的需要入手，才是成功之根本。

做一颗正位的铁钉

参加工作数年的年轻人向导师诉苦：怀才不遇，遭受嫉妒，倍受打击，等等。

导师拿起桌面上的一板铁钉把玩，沉思了一会儿，然后说："铁钉其实就是人生。"年轻人不解。

导师娓娓道来：从铁到钉，要让其一端无比锋利，正如人要具备一定能力才能有安身立命之本。铁钉只有在打击下才能进取，如果不能承受其重而弯曲，则会成为废物一件。人，也只有在困难和挫折中才会更坚强，学会应付与承受，才能取得进步。而如果铁钉在道路上显山露水，势必成为他人前进的障碍，即使是成为挂物的铁钉，总是会成为牵绊。

同理，人只有在适合自己的地方显而不露，才能将自己的作用发挥到极致，而又为别人所接受。每一枚铁钉都有自己的位置。不要以为这世界离开了你，一切就会发生变化。因为很快会有另一枚铁钉替代自己的位置。人也是如此。年轻人心悦诚服捧着导师送的铁钉回到工作岗位上，发奋努力，有不顺利时，便瞅一眼铁钉，从此工作越干越欢，前程一片光明。

设定小目标，逐步实现理想

一心想要做一番大事却又一直碌碌无为的林方这天遇见一位云游四方的高僧，便向其请教。高僧见林方一番诚心，就讲了一个故事。

波比是一只有雄心壮志的蚂蚁。它对小虫子之类的食物已经不放在眼里。它觉得之前的自己是多么肤浅，而它的同类们仍孜孜不倦地每日奔波，却只能得到维持一天的粮食。

波比把眼光放得很长远，它已经选好的猎物，就是那头经常在这段路上出没的肥胖的大象。波比计算过，此生如果拥有了这头大象作为食物，它的家族这一辈子和下一辈子都不会再为吃发愁，到时，一大家子每天怎么舒服怎么过就行。波比把自己的想法告诉同伴，却换来一阵嘲笑，大家都不认为波比能成功将比自己大千百万倍的大象放倒。而正是这嘲笑，激发了波比的决心，它一定要实现自己的梦想。确定好目标的波比绞尽脑汁，终于想出一条妙计：用毒！可是毒又该怎样才能弄到手呢？于是波比又去观察蝮蛇的生活习性。功夫不负有心人。

波比瞅准了一个空当，从蝮蛇那里成功取到毒液，不过也耗了不少时间。紧接着，来不及高兴的波比开始实施下一个环节：在铁钉上涂毒液，再把铁钉安插在大象必经的路途中。接下来，就是漫长的等待与观察。大

象在不知不觉中踩在有毒的铁钉上。一直藏在草丛中观察的波比看见大象中毒了，一阵狂喜。然而铁钉上的毒液量毕竟有限，毒性是慢慢地发作的。当大象正要缓缓倒下时，波比按捺不住心中的喜悦，想要大叫起来，这才发现一个严重问题：自己不知什么时候已经年迈体衰，没有了生命动力！波比慢慢地闭上了眼睛。就在波比闭上眼睛的瞬间，这头大象也轰然倒下，将波比的尸体重重地压在尘土之中。可惜，波比无法让它的其他同伴看见，它已经成功地将这个庞然大物猎获，当然，更可悲的是，波比无福享受它的猎物了。波比的伟大梦想只实现了一半。

是的，如果它以虫子作为猎物，定能享受到成功的美味；可它将大象作为猎物，目标过高过远，不仅不易获取成功，即使经历千辛万苦成功后，也不一定有机会去享受胜利的果实，抑或，没有能耐承受这沉重的成果。"别将大象作猎物！"是蚂蚁波比死前留下的最后一句话。

高僧意味深长地说："别将大象作猎物，也是我送给你的一句话，你会悟出其中的道理的。"不久，林方就开始了人生第一桶金的发掘，因为他知道，人生之路是一步一步来的，没有一步登天的奇迹，目标不能立得太遥远而可望而不可即。

人要常怀菩提心

郁闷问："这个世界都是这样吗？难道我们就这样一直忍下去？直到老死？难道世上真的没有正义？难道我们这样真正的劳动者就只有这样的下场？难道都让坏人把好人逼得没有退路？没有立足之地？难道我们都要变坏吗？"

挣扎说："这个问题难倒了好多哲学家，就像是蛋生鸡、鸡生蛋这么麻烦！"

认识接过话道："这个社会别的地方也一样，有的地方比你想象的还要阴暗得多。人活在世上要懂得忍耐，不要自寻烦恼，把别人的不善放在自己的心上，这样反而会害了自己！"

小心说："千万不要得罪领导，要明白一个道理，对于处世很重要：这个世上没有什么好人、坏人，只有误解你的人。"

哲学说："人活在世上，也要懂得两面：有时要学会像鸽子一样纯真；有时却要像狐狸一样狡猾！"

道理感叹："靠我们去体悟！实践是检验真理的唯一标准，在佛理的说法同样行得通！像一个人明明很贪财，却要强烈地控制自己的欲望，也是错误的，因为他并不出于本心！日子久了说不定会出乱子！还是要一个

长期的过程！要靠自己用心去体悟，以明白大道！"

清醒劝慰道："精彩的东西还很多，做人应该有激情一点儿，喜欢计较的人，是没办法明白生活的真谛的！使别人快乐，自己也很舒服！人活在这世上并不只为自己而活着，不懂得这个道理的人，就算他死了，他也将永堕轮回，有无穷无尽的苦难等着他！"

最后佛理说："一个人要努力怀有真诚、平等、清净、正觉、慈悲之心，就是所谓的大菩提心，才能不计较个人得失，最起码也能成为一个对社会有用的栋梁之材！"

始不疑，终不悔

"你帮我装一下开水。"正坐着发呆的江云被父亲的一句话惊动。

江云站起身来，父亲烧的开水正冒着热气。江云把水瓶放在地上，提起水壶往瓶中倒水。没有想到由于用力过猛，水壶里的水一下子冲了出去，而瓶口太小，水洒在了地面，他把手缩了一下，水却又因为水流太小，而沿着水壶口往下淌。结果倒入水瓶中的开水没有洒在外边的多！最可恼的是，开水尚未冷却，一股热浪直往手上、脸上涌来。江云只得把开水壶放下，准备歇一口气。

恰巧，父亲过来看见江云的表情，问："怎么啦？"然后，父亲提起水壶，对准瓶口，慢慢地倾斜，第一股水冲出来后，父亲再把水壶微微抬高，随着倾斜度加大，水流量也增加，而水壶中的水，除却开始时有少量倾洒在外面，其余的稳稳地流入瓶中。

父亲说："往水瓶中倒水，开始时是有枉费的。但是，开始之后，只能随着调整，不要停止。"

话未说完，水瓶中的水已经满了。父亲将手一顿，将原本比较高的水壶收回，但仍有一股水已经倒出，洒在地上。父亲接着说："当然，结束时是难免有遗憾的。但结束之后，就不要后悔。"

　　"您仅仅是在说倒开水吗？"江云惊诧于斗大的字不识一筐的父亲竟能说出这么一番话语来。

　　"是的。"父亲对儿子的惊讶并不为奇，"如果你能悟出一些什么来那更好。"

　　江云点点头，是的，他从父亲的话里想通了一件事：无论什么时候开始，开始之后就不要迟疑；无论什么时候结束，结束之后就不要后悔。因为，他正面临着艰难的取舍，正是父亲的一番话，让他得到无比的勇气，也增强了在以后的道路上战胜困难的信心。

人心不要被雾霾笼罩

建安十八年，曹操正在军中审阅文件，忽闻将士来报：河中鼓乐齐鸣，孙权乘轻舟从濡须口闯入我军前沿。曹操大惊，站城楼远望，然则雾霾天气下，河面白茫茫一片，远景若有若无，生性多疑的曹操命人以弓弩齐发。历史最终成为曹操之耻，胜机因雾霾之殇而改写。

雾霾产之于人类，最终惩罚与报复于人类！

公元15世纪，雾霾频发。相关记载就有尘霾蔽空、风霾累日、京师雨霾、狂风阴霾、霾雾四塞、风霾屡作、春有风霾、京师大风霾……这亦是雾霾之殇！

20世纪中期的英国"超级雾霾"事件，更是以四千余生命作为代价。这可算作是近代史上的超级雾霾之殇。

二战时期，美国战机携带着后来举世瞩目的原子弹行进小仓这座城市，直到打开机舱，却发现雾霾迷茫了机组人员的眼睛。而这时，美军偏又被日军的飞机发现。美国战机急中生智，转往长崎，才让整个历史得到改变，这是雾霾之殇的意外情况。

雪与雾是美的，却又缠绵，随雾而霾。雾霾之前，万物是晶莹而亮丽的；雾霾之后，一切似故。谁曾想到，雾霾之时所承受的煎熬，雾霾之中

的毒性正慢慢侵蚀人类。

　　人心若被雾霾所笼罩，心亦受伤，毒正侵入。人生路总要往前走，只是更祈求阳光灿烂，而愿少些风霜雨雪，少些雾霾，不让雾霾延伸。摒弃生命中的贪婪、奢侈，荡涤自己纯净的灵魂。

　　人应该有一种雾霾观：每个雾霾下的花朵与生灵，都可以艳丽。漫漫人生路，难免遇到雾霾。佛性的人，会在自觉与不自觉中极尽可能地减少雾霾的产生。

第四辑

换个角度，挫折为我们导向

不幸和挫折与人生相随，
厌恶和憎恨并不能让挫折消逝。
积极合理地利用挫折，
挫折会成为成功的导向标，
实现自己梦寐以求的理想。

谢谢你给我挫折

探险队员在前进途中，遇到一片荆棘。如果进入则必定会受伤。大部分队员选择退却，或是绕道而行；只有两名队员决定披刀斩棘前行。这两人在伤痕累累中，发现科考队一直寻找未果的"冰洞"竟然隐匿在荆棘中。

正是荆棘挡道，才让这两位队员立下功劳；如果当初这两名队员或是以后的队员面对荆棘也选择绕道，那么这个冰洞发现的时间也将会推迟。

有这样一位年轻的中学教师。由于学校合并，这位年轻气盛的教师因为曾经与校长顶撞过，之后被下岗了，被分配到小学，然后小学又将其分配到最偏远的一所村小。这位年轻教师在那所学校里身兼数职，因为学校就他一位教师。

落寞失意的他在学校教书之余，充电学习，一年之后，在同学的推荐之下，他参加公务员考试，一举而中。三年后，他已经是县里某部门副主任。

有人以为他会寻机报复曾经的校长，他却戏谑，自己的今天，应该感谢当初的打击。

他正是因为被打击，所以才更加刻苦。在挫折面前，他曾经想堕落，但幸亏他选择坚强，才有了今天的新的机会。所以，他说，他如果有机会遇着那位校长，他想对他说：谢谢你给我挫折。

人生中，挫折无处不在，只是面对挫折，我们能不能微笑着面对，然后在挫折过去后大声地说"谢谢你，挫折"呢？

心灵需要打折

老者与大师倾谈。

老者道："哲学家说过，人的一生首先要解决好人与物的关系。于是年轻的时候，我拼命地奋斗。于是，我渐渐有了钱，也算得上是同龄人中的佼佼者。但是我并不快乐，不仅是因为争名夺利而身心交瘁，还因为总有着更高的目标等着我去奋斗，所以我不幸福。"

大师问："然后呢？"

老者道："然后我退出了拼搏。我转行做了一名公务员，是在不惑之年后。然而，想要追求平淡生活的我却不得不为人与人的关系烦扰。为人父、为人子、上下级、同事、朋友、亲人等把我卷进了矛盾与冲突之中。我发现，在人际关系中我仍旧活得浑浑噩噩。"

大师接着问："现在呢？"

老者感慨万端："我的大半生一直都是自己的心理在作祟。年轻时去追求奢华，有了房，再要车，还要获取名誉，想把自己看到的都纳入怀中。中年时原本以为自己能凭借手中拥有的把周围一切做到尽善尽美，孰料事与愿违，反而弄得我众叛亲离，到最后，只有孤家寡人一个。直到现在，我才明白，人的一生其实最重要的是解决好人与自己的心理关系。"

大师点头道："是的，人最大的敌人是自己。同样一种境遇，有的人

笑着生活，有的人流着泪生活。关键在心灵，心与物是一体的，事物源于心灵。可是心灵深处，多少人好高骛远，穷其一生，却郁郁而终。而如果每一个人都能给自己的心灵打折，那会是另一个境界。"

老者不解地问："给心灵打折？"

大师道："心灵需要打折，并非丢掉理想追求，满足于现状，而是立足于现在，给未来理想打折，不是不用心，而是把心安顿。给心灵打折，才能让平凡生活有高贵品质。"

心灵需要打折，美好的生活靠心灵去创造。

哭泣换不来成就

石堆里有一块小石头不停地哭泣，哭声惊动它身边的一块大石头，大石头问："小石头，你为什么不停地哭啊？"

小石头伤心地说："我不是小石头，我是会发光的金子，我想发挥我的光和热。"大石块仔细瞧了瞧小石头，果然，这是一块货真价实的金子，污浊的泥土挡不住它那暗含的光芒。

大石块安慰说："你不要伤心，是金子在哪儿都发光的。总有一天，你会大展才华的。"

没想到小石头听大石块说完这句话后，反而哭得更凶。好一会儿，他才道出缘由。

原来，小金子在这儿已经数百年，可是由于位置偏僻，它总未能被人发现。即使有人经过，也只是被花草树木所吸引，根本无暇注意这儿有一块会发光的金子。

小石头也想："是金子在哪儿都发光。"于是他日夜吸收天地之精华，历经风霜雪雨，把自己冲涤得闪闪发亮，最终还是无果，又被污垢所掩埋。如今眼看着周围的石块风化消逝，小金子怎能不着急。

　　听了小石头的诉说，大石块只能长叹一声，却又无可奈何。

　　不久，山洪暴发，小石头和大石块都被洪水冲进大河，深深地在泥沙之中，只在偶尔，河水中会听到极其微弱的哭泣声，那一定是来自小石头的。

　　机遇是哭不来的，等，只是会让自己永远埋没。

勿让习惯错失了机遇

一只蝎子掉进水里，拼命地挣扎想上岸来。这时一个路人用一截小棍伸向它，准备把它拨到岸边，再行施救。

困境中的蝎子猛地受到木棍的外部打击，心中愤恨，抬起螯足向棍子蜇去，然后猛推，想远离攻击。路人再拨一次，蝎子就再反击一次。路人见此情景，就把小棍直接放到蝎子的螯足上，希望蝎子能夹住小棍，借此上岸。谁知，蝎子没有受到木棍的碰撞，对棍子视若无睹，妄自做着无用的拼搏，最后被淹死。

现实生活中的人往往也是如此，面对迎面而来的挑战，只是感受到了压力，却不知外来压力其实有时是进步的阶梯，是一次改变人生的际遇。可是我们在习惯中忽视了，错过了绝好的机遇。

找准时机，重在选择

蛙类是庞大的家族。所有的蛙都想出人头地，出类拔萃。

这里要说两只蛙，一只父蛙，一只子蛙。

父蛙在一次为人类除害时不幸被人类捕获。惊慌失措的父蛙并没有立即被剐皮油烹，而是被投入一个不大的"水塘"中。虽没有池塘那么大，却也不必辛劳地为生计发愁，而且，还有温泉沐浴。父蛙惬意地呱呱叫，向儿子传递幸福的味道。只是，只是，温泉下的水温怎么越来越高？父蛙定睛一看：这哪里是什么水塘，分明是在开水锅里！简直无法忍受！父蛙拼命一挣！原本能轻松跃出的"水塘"，此时却无力跳出，自己竟已经丧失这项本领！父蛙知道自己的最终命运，于是给子蛙留下一句话：要挣出困境，不要为舒适安逸的表象生活所惰化！

父蛙的遭遇子蛙铭记于心。事有凑巧，一天，子蛙不小心跌入一瓦缸中。陷入绝境的子蛙并未灰心，一次又一次地向外挣扎。天公作美，竟下起雨来，到蓄了半缸水时，子蛙的不懈努力取得成功，一下子就蹦了出来。然而，迎接子蛙的是醋缸里的酸气！子蛙在精疲力竭中慢慢晕过去。第二天，其他的蛙类发现醋缸上子蛙的尸体，而另一瓦缸中，死一样静的水面已铺平了整口缸。它们怎么也不理解，子蛙为什么要从瓦缸里跳进醋缸中。

蛙类把消息向长者蛙报告，并问其中的原因。

长者蛙凝重地说，既不能安于现状，要有忧患意识，又要慎重采取行动，很多时候其实就是一个选择的问题呀！

好事百件少，坏事一件也多

　　天渐渐地转暖了。一只过冬的苍蝇也感受到了春的气息，它活动一下翅膀，从暗处飞了出来。它想找点事情来做一做。于是，它决定出去走一走。

　　苍蝇在一户人家前看见一只燕子在檐前轻快地飞来飞去，欢叫着："春天来了，春天来了！"人们亲切地对燕子挥着手，说："欢迎你，报春的使者。"苍蝇来到田野，一阵小雨轻轻飘洒着，在人们的耳边低语："春天来了，春天来了！"人们捧起小雨滴，深情地说："太好了，美丽的春天正需要你！"苍蝇又来到公园，一朵鲜花舒展开它鲜艳的花瓣，迎着春风欢呼："春天来了，春天来了！"人们轻轻吻了一下鲜花说："谢谢你，是你把春天装扮得更加美丽！"

　　苍蝇很高兴，它飞往一处宾馆的厨房，在屋里转了几圈，嗡嗡地对人说："春天来了，春天来了！"可是那人却转身走了。苍蝇正在奇怪那人为什么一言不发，却见那人举着一只蝇拍向自己冲来。苍蝇在生命逝去的瞬间想："人们真不可理喻，我也只是想告诉你们春的消息嘛！"

　　这只想要报春的苍蝇到死都没有明白：好事终身可做，而坏事一件也别做。否则，等到自己想要做有意义的事时，也会成为自己的祸事。是自己曾经的坏事做尽，现在怎能取得他人的信任？

使我们跌倒的原因

　　接连两次被狐狸骗去嘴中餐的乌鸦愤愤不已，发誓要找狐狸报仇，恰巧遇到在森林里巡逻的天使。

　　天使听了乌鸦的哭诉，答应去找狐狸报仇，但要乌鸦先随着自己去走一走，看一看。

　　在空中飞行的天使看见一个猎人在林中设置的陷阱，便示意乌鸦留心观察。这时，一匹狼路过，看见陷阱中有一块肥肉，又看看四周的枝叶，摇摇头说："我父亲说过，天上不会掉馅饼。这肯定是人的别有用心。我才不会上当呢！"说完绕道而去。不一会儿，又来了一头野猪。野猪一个箭步直向那块肥肉冲去，只听见"咔嚓"一声，野猪连同枝叶一起掉进深坑。

　　乌鸦看得呆了。天使叫它继续往前，没料想，正陷于沉思的乌鸦抬起头就撞到了前面的树枝上。

　　这时，天使忽然开口了："你看，从刚才狼与野猪的经历可以知道，并非人家手段有多高明，而是中计的野猪无知！同样，刚才你撞到树上，也正是你没有留心！"

　　乌鸦想了想，就向天使告辞。天使笑了笑，问："你不再向狐狸报仇啦？"

　　乌鸦不好意思地说："不去啦！因为我已经知道，使我们跌倒的，是我们自己！"

千里马要先自我发掘

伯乐将一些有潜力的马集中在一起，准备集训，以便从中发现千里马。被集训的马都非常高兴，希望伯乐能给自己机会。

然而，伯乐还没有从中发现千里马就死了。这些马却留了下来。

二十年后，这群马分三批在天堂里见着了伯乐。伯乐大为疑惑，仔细询问，才弄清了事情的始末。

自从伯乐死后，马群也慢慢被人们给忘记了。马群的思想也发生了变化。

一部分马因为曾经的努力与付出，却换得如今的漠视，心中起了愤恨，有了伤痛和疙瘩，对世事看淡，抱怨生活的不公平，并渐生出仇恨之心，即使需要它们时，它们也故意作祟，干活懈怠。因为时常反思，所以恨意愈加，最终心力交瘁，郁郁而终，也成为马群里最先死亡的一批。

第二批到的是普通的马群。原来，这些失去伯乐的马群眼见没人能识别加以培训，便放弃了梦想，老老实实地做一匹普普通通的马。每天日出而作，日落而息，按部就班，过着简单而平凡的生活，最后终老而亡。

最后倒是几匹千里马。伯乐心想："这些千里马不错！它们会对我有

感恩之心了吧？"没想到，这几匹千里马一见伯乐就哭诉："再不做千里马啦！"伯乐大惊，追问原因，方才明白过来。

当初，这些千里马想，没有了伯乐，那就通过自己的跑来展现速度，在人们需要时发挥最大功效。终于，它们被人类所发现、认识，它们确实也接受了更多的任务。然而，没有了伯乐的人类只在自己需要时才会使用千里马，其余更多的时候，千里马与其他马一样，千里马最终只获得精神上的快感。即使千里马生病，也得强打精神，任劳任怨。

也正是这个原因，在千里马快要终寿而亡时，人类还不甘心，还期待它再有利用价值，却也只不过让千里马苟延几日而已。

伯乐看着无精打采的第一批马，再看看瘦骨嶙峋的千里马，最后看了看那批肥硕健壮的普通马，长长叹了一口气。

积极忘却伤疤

菲妮丝在一次朋友聚会时，说出发生在自己身上的故事。

菲妮丝是一名影视演员，在圈子里有"玉女"的称号。然而，因为男友背叛感情，菲妮丝彻底伤透心。很长一段时间，她都生活在痛苦之中。

有一天早上，一向有洁癖的菲妮丝起床时，发现自己的脸上冒出一颗小痘痘，是因为长时间心情不佳和休息不良诱发的。她本想不去理会，可是菲妮丝觉得与人说话时，别人的眼睛似乎总盯着那颗小痘痘。最让菲妮丝无法忍受的是，一天后，讨厌的痘痘里有了脓水。脏，给了菲妮丝无比的压力。

菲妮丝无法忍受脸上痘痘的刺眼，终于对着镜子将痘痘"消灭"。为了清除痘痘干净里面的白脓，她狠狠地一遍又一遍地将可恶的痘痘挤压。菲妮丝的想法是只要将里面的东西挤掉，突出的脓包会变平进而消逝。殊不知，因为反复挤压，原来的痘痘没有白脓，却凸起了大红疙瘩，在白皙的脸上格外明显。

菲妮丝更加觉得无法见人，整天都待在家里，不停地照着镜子，不停地抚摸，红肿并未消退，反而有扩散。

当晚,菲妮丝是怀着忧郁的心情入睡的。第二天早上醒来时,红肿消了许多,只是曾经挤破脓水处已经有疤疬,因为反复挤压,伤口比曾经的痘痘大一些。

结的疤疬与化脓的痘痘相比,虽然不脏,却更让人恐怖!朋友告诉菲妮丝,不要把疤放在心上,它自然会消去。菲妮丝心想:"没长在你身上,你当然不会放在心里。"菲妮丝一整天都被这个疤弄得浑身不自在。

到了晚上,回到家里的菲妮丝对结疬的疤愈看愈气,决心揭去疤疬!她忍着疼痛,小心翼翼地将疤疬揭开。镜子里,伤口四周的嫩肉与浸着血渍的伤痕如张大的血口,菲妮丝摔坏了镜子。

菲妮丝病倒了。朋友为菲妮丝找来医生。医生告诉她,小痘痘会自然成熟结疤脱落,需要的只是时间。而且尤其不能揭开疤疬,如果不停地揭,会不停地中断伤口的修复,反而添新伤,疤会成为永不消逝的伤痕。

菲妮丝最后说:"听了医生的意见后,我的疤不久也不见了,脸也恢复了正常。最重要的是,我从这件事中也悟到了个道理:伤痛,是需要时间来遗忘的,而不是用来惩罚自己的!"

的确如此,人生中总会遇到困难挫折,总会有伤痛。对待伤痕,我们尽可能地不去理会,将它置之一角,它总会慢慢淡去。相反,每一次抚摸与挖掘,只会加深它的沟痕,最终成为永不消逝的疤!

面对"沙包"的打击

朋友聚在一起喝酒时，不知怎么就说到来自工作生活中的各种打击，大家愈说愈激烈，心中愈是愤愤不平，唯有小方不出声。

一位朋友见状，对小方说："看来，我们的方老师又有高见，说来听听。"

原本喧闹的场面静了下来。小方见大家都望着自己，点点头，说："我是从小学生身上懂得的。"

大家均疑惑不解。

小方接着说："大家都会玩'丢沙包'的游戏吧？"

大伙点点头。"其实游戏规则很简单，参加者在范围内可以来回躲避，也可以将沙包接住。在躲避中，离沙包越远越好；殊不知却在下次中就会离沙包越近，离危险也就越近。而如果接住，就可以成功积累一次。当然，也可能没有接住，反而有危险；如果疲于奔跑，那就会被击中出局。"小方静静地说。

"是啊，这又能学到什么？"有人迫不及待地问。

"我们如果把各种打击看作沙包，"小方轻笑了下，说，"在生活中，就有打击。对于打击，我们可以逃避、躲闪，但逃避、躲闪得越远就

越会为下次的经历增加危险。"

"对于打击，我们可以迎难而上，予以处理解决。成功解决后，必定为我们的人生增加抵御力。即使不能成功解决，我们也可以从中吸取失败的教训，为下一次成功丰富经验。"

"而如果害怕打击，被击中就不再入局，那么就永远失去希望了，不是吗？"

小方说完后，看着大家。

是的，如果把人生当作游戏，打击就如"丢沙包"一般。面对打击，可以躲避，可以解决，可以失败，因为失败也是经验。面对打击时，用微笑来面对，用奋起来面对，用坚强来面对。

鱼不能以饵为生

这是一条机灵的鱼儿，生活在一条小溪中。小溪里有鱼，自然，小溪就吸引了无数垂钓者。这条机灵的鱼儿总是偷吃垂钓者的鱼饵，它知道，鱼饵上有尖钩，只要挂有饵的钩被自己拉下水面，上面垂钓者就会连饵带鱼一起拉上去，鱼儿将成为人的口中餐。当然，其他同伴也知道这个道理，但却抵挡不了美食的诱惑，所以同伴总是不停地试探，结果多数被捕而消失。

只有它，发现这是一个聪明的办法，它拉着食物总是往水面上拖动，即使不慎将浮子晃动一下，垂钓者也不会认为鱼儿已经上钩。所以，等垂钓者发现不对劲时，鱼儿已经顺利地将鱼饵从鱼钩里脱离，将它变成自己囊中之餐。

这条机灵的鱼儿并未外泄秘密，所以它能独享这胜利的果实并一直未失手。

然而，有一天，它再施故技，将鱼饵径直往上拉时，许是鱼饵太大，它竟没能把鱼饵一下剥出来，它使劲一甩头，鱼饵已经出来，它没有衔住，鱼饵往水底沉下！它一个俯冲，正在这时，它感到一阵痛，还没来得

及叫出声来,它已经被拉出水面,鱼钩并未从鱼儿嘴里钩住,而是从外面钩住自己的腮处。这条聪明的鱼儿绝望地看了一眼垂钓者——一个蓬头稚,不按规则办事的人!

聪明的鱼儿最终还是成为人的腹中物,它猛然醒悟,自己明知鱼饵很危险,却还以饵为生。它很后悔,不是自己的不小心,而是自己从一开始就错了,才丢失自己的生命。

第五辑

心与心的对碰，火花更明亮

心与心对碰产生的火花，
能产生巨大的力量。
来到这个世界上的人并不是单单为自己活着，
爱与真情所释放出的能量，
焕发出勃勃的生机。
爱着的每一分每一秒，
让生活更加幸福和美好。

圆满是因为曾经的付出

路边，两株小草闲聊起来。

"没有什么比风更自由啦！东西南北，想去哪儿就去哪儿！"一株小草叹息道，"而我，却只能是人们口中的小人物——风吹两面倒。"

"开心时，风可以轻柔地拂过人们脸庞；不开心时，风可以席卷大地上的一切。风可真惬意啊！"另一株小草一脸钦慕地接口说道。

"人们在炎暑中，风儿只要轻轻一摇，人们个个喜笑颜开；而在烂漫春季，只要春风到过的地方，定然处处生机盎然，大地五彩缤纷，而风也获得人们至高的赞扬。"最先说话的小草捂住自己的胸口，仿佛受到赞扬的就是它。

另一株小草情不自禁地赞美起来："风啊，你不仅能给人带来快乐，还能为人类扬起前进的风帆。你真伟大啊！"

这时，恰巧一阵风经过，听到这番言论，就驻足停下，对小草说："小草啊，你们可曾知道，我们庞大身躯经过夹缝时的艰难，那'呜呜'的声音便是我们的哀鸣；你们可曾知道，我们被无情地摔击在峭壁山峰之上，粉身碎骨，从此香消玉殒的悲哀？而龙卷风与寒风对人类造成的后果更让我们无颜面对世间万物。这种见不得人的生活，可是你们每个人都愿意追随的吗？"

　　小草想要伸手去安抚一下风，没想到风却向前飘去，已消逝得无影踪了。小草想了想，说："如此看来，风也并没有我们想象中的那般完满啊。那我还是做我的小草罢了。至少，我曾经给世界留下一抹绿意！"

　　是啊，去羡慕事物的完美，却不知在圆满的背后，不知付出多少心血，很多时候是因为我们没有亲身去实践体会。

表象会迷惑眼光

一天，一只小山羊到山里玩，遇到了一棵小松树。

小山羊见小松树的身上有一块块鳞斑，就说："树伯伯，您好！"

"羊伯伯，您好！"小松树见一只长着胡须的山羊在向自己问好，也有礼貌地问道。

"只是您为什么叫我树伯伯呢？"

小山羊和小松树都不知道为什么对方要称呼自己为"伯伯"，两人同时问道。

小山羊奇怪地问："请问您几岁了？"

"我才3岁，您呢？"小松树说。

"我也是3岁。"小山羊回答。

"原来我们一样大啊！"小松树和小山羊都惊叫起来。

小松树有些不好意思地说："我看你长着胡须，就弄错了。"

小山羊也感到不好意思，小声地说："你身上的鳞斑也把我弄糊涂了。"

"这里阳光太强，所以把我的树皮给晒裂了。"小松树解释。

"我们山羊家族都是有胡子的。"小山羊也说明。

说清楚了真相后，两人相视一笑，都说以后看事物，再不能被外表所迷惑了。

　　在你认为一切是理所当然的时候，也要提醒自己保持一丝清醒，因为你看到都可能只是表象。

选择和高手过招

读小学的女儿打乒乓球回来，特别不高兴。一问才知道，原来今天去打乒乓球时遇到的对手太弱了。她说，很多该拉该抽打的球都不能打出来，只是因为对方才学不久，总要给对方留机会；如果真正打下去，对方一定无法接住球，那对方失球，就会丧失信心，而自己也觉得无趣。可是因为今天到俱乐部去打乒乓球的人太少了，没有多余的对手，女儿就权且做了一回教练。"如果把今天也作为自己的训练，那无疑对自己很残忍。"女儿叹息地说。

之前曾听女儿说过，最喜欢与乒乓球高手对招。在对招的过程中，能发现对方的优势，也会因接住原来无法接住的球而高兴不已，还能在失败中总结，在成功中积累，所以球技会越来越高。

学下棋的也说，下棋亦是如此，会在与高手的对照中获取新知。这话不由得让人掂量：那人生不也是如此吗？和有才华的人一起，是让别人闪光，但自己不也正朝着那光芒靠近？如果自己是把注意力放在追求的东西上，那么自己必将比现在更有才华！所以，人要选择与高手对招。

爱自己的好，合他人之需

四个毕业生分别去不同的公司应聘。

从面试考官那里得到的却是同样一道题：花五十年时间培育一种花，你愿意吗？说明理由。

四个毕业生分别给出了不同的答案。

甲说：我愿意花五十年时间培育一种花。因为人生就是一个慢慢品味的过程。从过程中去享受过程，就是人的一生。

乙说：我愿意花五十年时间培育一种花。为了一个目标，去创造一生，目标最终得以实现，则一生无憾。比起那些终生为了一个目标，至死却没有完成的，也要幸运得多。值！

丙回答：我放弃我愿意花五十年时间培育一种花。人生会有许多有价值的东西。仅为五十年赏花的价值，不足以付出自己的一生，自己的才华或许可以在更多的天地里创造出更多的有价值的东西。归纳出一句话就是，这个价值观对于自己来说不够。

丁思忖良久，弃卷而去。在考场门口，丁被一个人拦下，问其面试情况。丁说，他觉得出这题的人如果就是这家企业的，那么他觉得这家企业如此荒谬，即使自己去工作，也不一定会有前程。

　　最终的结果却是四人都被录取了。甲到了一家事业单位，乙到了一家研究所，丙应聘到市场营销，丁被出门时遇到的那个人其实是另一设计公司的总监录取。总监当场点头，表明自己的身份，说他们创意设计公司正需要他的拼搏与创新精神。四人中，丁是因为落聘而应聘最快的。

　　四个人的应聘经历引起不少人的思考：同样的问题，答案不同，结果却都是被聘用。试想，如果当初甲乙丙丁四人用自己的答案去单位时换个顺序，会是什么样的结果？答案是肯定的，四人都落马！

　　原因其实很简单：选择自己喜欢的，看准人家所需要的。每一种需求，针对的是一类对象，职场里是没有万能钥匙的。

做自己的主人

没有人身自由，完全听命于他人，是为奴隶。

当今社会，在我们身边，存在着一种新的奴隶，虽有行动自由，却完全听命于他人。

孩子5岁时，对父亲说："我要骑马！"于是，父亲跪下，孩子骑在父亲背上，得意地炫耀。孩子20岁时，对父亲说："我要恋爱，给我钱！"父亲毫不犹豫地为孩子提供一切便利。孩子30岁时，狂叫着："我要房子，我要车子！"父亲倾其所有满足了孩子要求。孩子50岁时，父亲老了。孩子说："我要为我的孩子提供服务，没有办法，只能委屈你了。你走吧！"孤苦一生的父亲便消失在儿子面前。父亲做了奴隶，做了他不孝儿子一生的亲情奴隶。

男孩子着魔般地爱上一位女孩。女孩的什么要求他都答应，只为博得女孩一笑。最终，男孩千金散尽，再没能力去讨女孩欢心。女孩便不再理会男孩。男孩失望至极，自杀而亡。这位男孩是奴隶，做了无情女人的爱情奴隶。

青年A多年踏实勤奋，可未能幸遇伯乐，然后他学会趋炎附势，屈膝卑颜，只要是领导中意的，皆尽应承，讨得领导额首，原本有望高升，岂

料遇人不淑，这位领导倒台，牵连青年A也随之入狱。青年A也是奴隶，做了泡沫权势的奴隶。

B君小有成就，只是为人过于仗义疏财，身边时常聚集一群深谙其性格的朋友。这些朋友三番五次地以各种机会，找各种借口求助于B君。甘愿为朋友两肋插刀的B君很快穷困潦倒。而之前的那班朋友也人间蒸发。直到此时，B君方才醒悟自己也曾做了奴隶，做了酒肉朋友的奴隶。

女孩年轻漂亮，因为工作关系，遭遇男同事的猛烈追求，偏偏这位男同事又是无赖小人，与女孩相恋不成后，便四处散播谣言。一时之间，关于女孩的流言蜚语漫天飞。女孩承受不住心理与外界的压力，选择坠楼，香消玉殒。人们扼腕，为这位做了情绪奴隶的女孩叹息。

可见，人生旅途中，还真不乏奴隶。人生漫长自是离不开亲情、友情，离不开工作、生活。我们不能只为自己活，当然也要为社会、为身边的人奉献，但前提是我们得好好为自己活着。因为我们是自己真正的主人，而非别人的奴隶。

想一想，如果一个人，连自己都不能拥有，还配拥有什么呢？

挺起胸脯，拥有自己，当然可以不再做奴隶！

学会适当拒绝

年轻，也是工作最踏实认真的人，当然办公室里最繁忙的人也是她。上级机关部门下发要求填写的各种表册，不管是不是林菲儿的业务，基本上都要林菲儿来操作。原因是林菲儿刚来时，主动地帮助过大家，确实林菲儿在计算机操作上也比其他的同事要熟悉。

后来，在机关中的一些比如手写材料、业务考试等，大家就形成一种习惯，都会说："小林，这个帮我弄一下哦。"林菲儿来不及回答，材料已经递到了手中，或是放在桌子上了。所以，在大家都在电脑里打着游戏、聊着天的时候，林菲儿却在电脑上不停地输入材料，甚至是带回家中加班。

终于有一次，林菲儿身体不舒服，而上面发下来的材料又较多，其他几个同事也都自觉地自己做，李大姐却想打一下毛线，就像往常一样，扔给林菲儿。林菲儿挺不好意思地还给李大姐，说："李姐，我今天不舒服，我帮不了你，你自己输入一下，行吗？"李大姐用奇怪的眼神看了林菲儿好一会儿，才不悦地拿回去，放下毛线，自己输入材料。

从此以后，李大姐就基本没给过林菲儿好脸色，并且在同事中也说起她的坏话来。而办公室里的同事也私下都说林菲儿的不是。林菲儿觉得很

委屈，就再也不帮任何同事。这下，林菲儿在办公室里就受到许多非议。

一年后，林菲儿因为其他原因，工作调动。调到新单位后，林菲儿吸取教训，只做自己的业务，其他时候，帮着大家倒下开水、扫下办公室什么的，整个办公室里的人都说林菲儿不错。而林菲儿自己也觉得与原来相比较，现在工作量虽然大，但心里特别轻松。

林菲儿仔细寻思，忽然明白一句话：拒绝，有时是对自己的尊重。过去自己一味应诺，身心都劳累，反而得到非议；现在自己适当地拒绝，解脱了自己，也得到了别人的尊重，更是对自己的负责。

是的，拒绝是自己的权利。每个人的能力都是有限的，帮助他人没错，但当帮助被别人利用，还在无休止地去为别人而苛刻自己，本身就对自己的利益有损害。何况，有时还有费力不讨好的事情发生呢。

拒绝也是对别人的保护。曾经有个例子。一次继续教育考试抽查时，抽到一个考生是请别人代考的，他自己完全不知道考试情况，因而受到了严重处分。他后悔莫及地说，如果拒绝代考的话，自己也能考下来，也就不会受到处分了。确实也是，拒绝让他人代考，选择自己学习与考试，既是业务上顺当过关，也是能力上的收获。

拒绝，是一种智慧，是一种隐忍的行为，更是一种积极的人生态度。那么，我们为了自己，为了他人，怎么能不学会拒绝呢？

第六辑

快乐，流淌在指尖下的经历

对生活要求简单，

人生必然是快乐的。

人要学会快乐，

要让快乐像空气萦绕在身边，

也可以让快乐像流水，

流淌在生命的脉管里，

于是，生命中的每一天，都是蓝天。

苦与甜的先后哲学

科学家在水池中捞起两只同一批孕育的青蛙做了一次比较试验，共花了半个月的时间。结果给人的启示却令人深思。

科学家一开始就把一只青蛙放在一桶洁净的水中喂养，每天都供应洁净有营养的水。两周过后的一天，科学家在里面加入一点醋，没有料到，醋一下去，青蛙的反应极大，在水中游来游去，感觉自己不能摆脱困境，竟然开始拼命地撞击木桶，没多久，这只青蛙撞死于桶中。

科学家把另一只青蛙捞起来放在一个装有浑浊的水桶中，在这浑浊的水里也加入等量的醋。起初，这只青蛙生活得很艰难，但它仍然坚强地活了下来。三天后，科学家开始渗入少许清洁的水，青蛙有了新的变化。以后逐渐加入更多的洁净的水，这只青蛙迸发出更加旺盛的活力！

同样的生存环境，只是一个先甜后苦，另一个先苦后甜，却是两种截然不同的结果！甜中有苦，苦的是伤害，是痛苦；苦中有甜，甜的是扶持，是快乐！对于人的成长亦是如此。越是提供优越的环境，越是承受不起打击，面对打击，受到的伤最深，受苦更重。

而在劣势环境中生存的人呢，却是给予微小的帮助，反而能激发其更加旺盛的活力，能让其飞得更高，收获更广大。苦与甜，先与后，对芸芸众生而言，是蕴含着意味深长的哲学道理的。

心里建筑的围墙

张三和李四是邻居。张三的院子用两米来高的围墙砌了起来，而李四家的屋前屋后都是光秃秃的，连篱笆的影子都没有。

然而，张三和李四都为围墙的事情烦恼。

张三不懂李四为什么没有围墙会烦恼；李四更不懂张三，明明已经有了围墙，为什么还会为围墙烦恼。

这一天，张三李四凑在了一起，便把相互的不解之谜抖了开来。

李四问："张三兄呀，看你最近闷闷不乐的，为什么事啊？"

张三一叹："唉，你不知道，为围墙呀！"

李四惊问："你家的围墙美丽又大方，又加强了安全感，俨然一幢小别墅，多爽呀！"

张三摇摇头："当初我也是这样想的。可是，你不明白，有了围墙，那是自我封闭，将自己禁锢，外面的野草鲜花也被拒之门外，而同时，别人也无法认识、接触里面的华丽，孤芳自赏。这就好比一个人才，先自内心构建围墙，既瞧不起别人，而又不施展才华让人知晓，岂不是浪费吗？"

李四眼里充满了迷惘，弄不明白。

张三反问："听说你正和家人寻思要建围墙，我建议你千万不要盲目

操作！"

李四一副向往的神色："有围墙好呀！好处有三：一来可以显示豪宅，与众不同；二来可以坐拥自由，属于自己的天地，想当皇帝就封王，谁也管不了；最最重要的一点是可以防盗，谨防一不小心，几个蒙面大汉手持刀子就站在你的床前，想着都心寒呀。这社会，害人之心不可有，防人之心不可无，围墙不能没有的！"

张三摇头，甚是不以为然。

最后两人谁也没有说服谁。

邻居有人闻知而感叹："或许，这正是人们的心态：得到的东西是自己不喜爱的，而没有的东西却恰恰是自己最想的吧！"

画里画外见人性

秋后的阳光温柔地洒下来，正是下午时分，滨江路上散步的人慢慢多起来，为收集阳光，也为享受寒冬前的温暖。

有花前月下的人儿手牵着手，脸上洋溢着青春的喜悦；有白头偕老的老伴，推着轮椅，留恋每一处风景；整个路段上，是一片宁静祥和，有人感受着甜蜜的恋情，有人倾泻着心灵的感悟。当然也有行色匆匆者，来不及欣赏，不得不为肩上的责任向前冲。还有一位画画的，支起画架，想要用手中的笔，让美好时光停留。于是，漫无目的的闲人便有意地踱过去，欣赏也罢，分享也行。

然而，走近看过画的人，又都迅速离去。有些还会回首看那执画笔的老者一眼，眼神却迥异，有愤怒的、疑惑的，有羞涩的，也有猥琐的，还有冷笑的，私下里对同伴窃窃私语着什么。

"这老头儿是个疯子！不，是一匹老色狼！一个下流坏子！"

"怎么会是这样？看见的和画的完全不一样嘛。"

"他怎么能这样画人家呢？"

"那幅画真美，要是能送给我，我每天晚上都抱在怀里睡！哈哈……"

"还真是人老，心不老！"

……

人们抒发着自己的见解，同伴要么附和，要么有同感。显然，这里的场景打破了片段的宁静。

到底发生了什么？在画架前方的长椅上，斜躺着一位满头银发/身着深褐色休闲装的老奶奶。在阳光下，她全身似乎蒙着一层轻纱。她右手撑着头，望着柳枝中的圆日，是那么随意，一动不动。而执笔的老人画板上，却是一位妙龄少女斜躺在床上，手指轻扶下颌，含情脉脉地看着前方，最重要的是这画中人物竟然全身一丝不挂！

老人终于完笔，在他身后，还静静地站着一位年轻人。老人问："你还在这里看什么？"年轻人一愣，不好意思地说："我喜欢绘画。我……我看见您笔下栩栩如生的人物，仿佛置身其中。"

老人说："人生如画，画里有人生。同一幅画，每个人看到的都不尽相同，有人看见了画里的图，有人看见画里的色彩，有人看见画中的庸俗，有人看见画的艺术，只是因为用心不同。"

原来老人是著名画家，此次是携夫人海外归来，在此休养。

后来，这位年轻人成为老人的关门弟子。

愚蠢的锁才报复

锁和钥匙共事好几年了。一天，主人说："这锁真不管用，已经锈成这副模样了。钥匙还好，仍旧光亮如新。"钥匙听了很得意，发出清脆的声音，而锁听了后很是不舒服，他决定报复钥匙。

第二天，主人再次用钥匙去开锁的时候，锁故意不肯让钥匙打开。结果，主人一使劲，把钥匙拧断了。正在锁得意之际，主人找来铁锤，一下子就把锁给砸坏了。主人生气地把锁扔到一边。

角落里，锁看见折断了的钥匙伤心地哭了起来，可是这已经于事无补了。

一心想要报复别人的锁直到最后才明白自己的愚蠢，报复别人，自己难免不受伤，而且更多时候，自己受的伤害往往会更大更多！

有一种选择叫被迫

　　三个出海经商的人在大海中遇到风暴，掉落进大海，一下子就一无所有。庆幸的是他们各自在慌乱中抓住一截木头，最后成功漂流到一个小岛上。等他们获救后，他们发现木头有香味，凭着多年经商经验，他们知道这些木头绝不是凡品，便拿到岛上去卖，欲换取一点费用，渡过难关。结果，根本无人问津，倒是他们身边有个卖木炭的人生意兴隆，不一会儿便卖完。

　　于是，其中一个人想了想，便将木头烧成木炭，由于有股香味，倒也卖了些价钱，换了吃的，并且还得到一个买家的介绍去做些事情，得以维持生活。

　　另两人却始终坚持木头有独特的价值，忍受饥饿寒冷，终于等来过往的船只。但是两人却因为身无分文，不能顺利上船。百般无奈之下，两人偷偷地混了进去，躲在仓库里。

　　晚上，一个人想出去找点吃的，因为看不清楚，不慎将怀揣着的木头掉落到大海中，最后只得快快而归。另一个人则紧紧地将木头抱在怀中。

　　船经过几天的航行，到达港口。靠岸后，船员在下货时，在仓库里发现了两人。抱着木头的人已经死去，另一人也奄奄一息。

　　船员发现木头是名贵的沉香，将它卖了，处理了至死都抱着木头的人，也治好了那昏死过去的人，余下的就据为己有。

　　不久，第一个人因打工遇到好心人，而得到了一笔费用，也回来了。

　　人们听说三个人的遭遇后，都唏嘘不已。

　　三个人面对残酷的现实，第一个被迫选择，做出了世人看来不明智的选择。另两个人放弃选择，却终于被现实选择，结果是一死一伤。

　　第一个人是这样说的：现实不全是完美的，没有圆满。有时不是我们理想的结果，在没有多余的选择时，我们只能主动选择，比被迫选择处境会更好。

　　从不理想的选择中去做选择，做到最佳效果，就叫被迫选择。毕竟我们主宰着我们的选择，比放弃选择进了一步。被迫后面，我们能预知部分，而放弃之后，就只能听天由命。我们看不到花儿在背后开放，但我们可以选择去学着欣赏花儿的美丽色彩。这种选择叫被迫。

爱慕虚荣会要命

　　小草原本在一座山坡上。一次偶然的机会，它听到前来游玩的人的赞美，心里像吃了蜜一般，可是来游玩的人太少了，小草很久没受到赞美，心里挺难受，它渴望赞美。于是，在一次狂风中，它拼命扭动身躯，终于随风飘动，如愿以偿来到了路边。

　　路上行人极多，可是大家都有自己的事，根本无暇关注这棵平凡的小草。即使偶尔会有人发出一两句赞美，却也不是赞美小草。小草很伤心，心想总有一天，自己会成为大家瞩目的对象，小草再次做好搬迁准备，伺机而动。

　　又一次大风来临的时候，小草再次拔根而起，飞到了足球场上。这才叫万众瞩目啊！小草不禁感慨道。正在小草入神时，"哎哟！"小草忍不住叫出声来，原来是一名足球运动员飞奔过来时狠狠地在小草身上踩了一脚。小草觉得全身骨头都断了，它想站起来，可怎么也做不到。它大声地呼喊，可是被球场外那些热情高涨的球迷的呼声所淹没。小草晕了过去。

　　等小草从迷糊中醒来，它觉得全身无力，左右一看，自己原来嫩绿的皮肤已经变得枯黄，第二天，这棵小草已经被工人从草坪上移除出去，随着汽水瓶一块儿被扔到垃圾处理场。

　　虚荣，很多时候会要了你的命。

贪婪与虚伪永被唾弃

一只蚊子在人身边飞来飞去。人很生气，追打了几下，终未成功，不禁诅咒起来。蚊子听着人的骂声，嘲笑地说："你尽管骂吧！得到实惠的还是我。"

人大怒："人人唾弃你，怎能再生存下去？"

蚊子哼哼道："被骂不重要，重要的是利！这些都是跟你们人类学的。"说完蚊子唱着歌得意而去。

人安静下来，想了个办法，挤出一滴血在手心。不一会儿，嗅到血腥的蚊子小心翼翼地停在血滴周围。它见人并无动作，便上前狂吸起来，正待蚊子吸饱要飞走时，忽见一黑影向自己袭来。它知道自己已经无法逃脱，于是闭眼大叫："可悲啊！其实我们与虚伪贪婪的人比起来，还有自知，只希望能温饱，而你们人类却个个贪心不足、欲壑难平！""你们人类的下场必将和我一样！"这是蚊子的最后一句话。

人看着血迹中蚊子的残骸，竟发现一群小人影在其中晃动。

想好就动手去做

吉尔、朴正宇和斯华屯是同村子的人。他们一直想要摆脱贫穷。

有人给吉尔提议，可以去承包山后那片土地。吉尔一听，觉得这是个好商机。于是，他开始着手写策划。他把方案分成了四个部分：准备工作、进行过程、预测困难、成果分享。

吉尔的干劲可不是一般，他废寝忘食地工作着，累了，小憩一会儿；饿了，就着白开水速食。似乎，成功已经在向他招手。然而，光是准备工作，吉尔就写了整整三年。这不是夸张，而是因为，对一向心细的吉尔来说，把工作做细就是他的作风。他把每个环节都分成四个部分：准备、进行、困难、成果。到后来，即使是迈出门去找一个朋友也会分成四个环节。最后的结果可想而知，吉尔一直在忙着写方案。不过，他已经把自己给绕进去了，再没有清醒过。因为他什么都要分四部分，所以大家给了他一个绰号"四部分先生"。

朴正宇与吉尔不同的是，朴正宇没有固定地想一件事情。朴正宇想做很多事情。因为他的脑子活跃，所以他只要一发现商机，就开始动手，然而一动手做，就总会遇到困难，一遇到困难的他就会毫不犹豫地选择放弃。朴正宇的观点是，这扇窗子不是为我开的，那就换一扇窗户。于是，

朴正宇近乎尝试了所有的行业，却基本都没有用心去做，甚至说都没有真正地去做过。而在朴正宇的心中，他都做过了，对于他来说，这些都不可行。从此，朴正宇觉得自己的人生无法成就，心生颓废，日渐消沉。

斯华屯是从收废品开始的。他一直走乡串户，收着各类废品。因为长期从事这个行业，所以大家都熟悉他了。于是，人们慢慢开始直接给他打电话或是直接将废品送上门去。直到有一天，他发现自己收的废品太多，与其交给回收站，还不如自己先处理再说。于是，斯华屯开始加工废品，再售出。他没有想到，这样的利润更高。于是，他不仅收废品，还加工废品，就这样，几年后，斯华屯已经从收废品到开废品回收站再到废品回收加工公司，手下已经有了几十个工人。这可是斯华屯当初没有想过的事情。

斯华屯与吉尔、朴正宇不同的是，斯华屯少想而多做。他只想着做好当前，少想是非未来。只因为，多做才能有备无患。

一个人想要成功，当要深思熟虑，要有计划有目的，做到有的放矢。但如果光想不做，必定一无所成。舍弃当下思考的直觉过程，屈就才智，即使生活枯燥单调，多做，坚持着做，即使说不上成功，但总不会辜负曾经的付出。正所谓"种瓜得瓜，种豆得豆"，那还犹豫什么，选择了事情，就赶紧去做，并用心认真地去做吧。

快乐其实不远

繁重的工作之下，心中总不免升起怨气，便任自己放松神经，不禁思绪万千，才发现快乐其实不远。

漫步到一个鸟语花香的园子，金色的阳光照射着每一个角落，三三两两的人群游逛，透明健康的脸庞表达着内心如秋阳般的平和快乐。

游人小憩，将皮鞋伸与擦鞋工，在擦鞋工熟稔的拭弄下，皮鞋变得油光发亮。"谢谢"是游人对擦鞋工劳动的认可。

三口之家，追逐嬉戏，撒娇呢语，共享天伦，其乐融融。十年树木，百年树人，梦想在一代又一代学子身上延伸实现，此时此刻，快乐源于热爱，来自付出，生于对自己的把握和对未来的期望，汇聚成明天快乐的理由。拂去那温情脉脉的面纱，或许少了人情味，却也活得真实，活得自在。

现今的缺点岂能与过去的优点相比？只因，太阳每天都会如期而至，何必为昨天的失意耿耿于怀？

经历生命的颠覆，方悟平常的不如意是多么的渺小，一切的一切，均系身外之物。活着，就是快乐，就是幸福。

在宁静的夜晚，一个人斜靠在小屋沙发上，任如水的月光温柔地抚摸，把心神交诸尘世，飞翔于苍穹，思索着，发现着，体味而珍惜着欢欣。

被奴役的时间

时间去哪儿了？告诉你，时间被奴役了。请记住，被奴役的时间，并不是做了时间的主人。

追溯历史，时间的产生，确切地说，是世上有了人类，根据需要，从世象的规律，摸索整理出"时间"这个抽象的词语，从此，人类有了"时间"这个概念。换一句话来说，人类奴役了时间，已经有几千年的历史。

时间本是虚象，不可拟物，没有实形而存在，乃虚拟；时间被挟持，有了过去与未来。古往今来，多少妄想奴役时间的人却终被时间遗弃，痴想与时间并驾齐驱，却埋没于黄尘之中。

殊不知，时间里蕴含着一个深刻而严肃的哲理——人能奴役时间，而时间也必然反噬，也会奴役人类，终归毁弃人类。

拥抱时间者，奋发向上，时间虽紧却总有；摒弃时间者，无视时间存在，总是缺乏时间，无奈被时间抛却。

时间在哪里？其实，不论过去与未来，时间从没有过，也从未曾离去。只有现在，时间不即不离；只有此刻，倍该珍惜。

之所以找不到时间，在于过分追求时间，追逐时间，而时间却与人类开了个玩笑，远远地走在前面，把人落下。时间总是没有，患得患失的时

间中，为失去的昨天哭泣，也必将失去整个今天，甚或是明天。不遗忘过去，不整理未来，今天已然不存在，早在无知中被时间奴役。

相对而言，时间总会过去，被人所奴役；时间一定会逝去，时间奴役了人们。你在读此文时，我奴役了你的时间；而你在诘问我，时间到底去哪儿时，我在沉思中，我的时间便又被你奴役而去。

时间究竟去了哪儿？可以肯定地说，被奴役了。有你，有我，还有他、他们。

阴影也需要善待

学生追上导师，向导师请教："老师，我不能承受朋友之间的背叛、同学之间的派系争斗，我该怎么办？"

导师拉着学生走在操场上，叫学生往前走去，自己跟随其后。然后问这位学生："刚才你可有感受到什么没有？"

学生说："老师你什么也没有做啊？"

导师说："不，刚才你在前，我在后，我在你背后百般践踏你的影子。可你毫无反应来着。如果把你所背负的一切都当作影子，你还会说你承受不起吗？"

学生如释重负。是啊，人生在世，总会有许多附属品伴随而来，如影随形。但如果我们把它们当作影子，只要面向着阳光，再多的阴影也都会被置之于身后。

这位学生参加工作后，经常告诫自己，果然工作上少了钩心斗角，处理关系也游刃有余。当然，他也用这种思想影响着身边的人。

然而，有一次，一群同事聚会后，还未尽兴的人提议去放纵一下，没有想到，一向看得很开的他却默然拒之。同事以阴影的言辞反问他。

他静静地说："阳光下，阴影可以在前，也可在后。而黑暗中，阴影

并没有消失,是寄存在心里的,可以什么都有,也可以什么都没有的。所以我们的心要永远地保持着阳光。"

原来,他的导师后来曾经告诉过他:官权利禄是身外之物,可以弃之不顾;但诚信声、望等却是人生最宝贵的财物,虽不必锱铢必争,却也不能擅自毁灭。毕竟,这是做人之本,会根植在自己心中,在偏离人生轨道时,扶持自己;在别人恶意中伤时,不必理会,时间会还原真相。

听了他的话语,大家都明白过来:是的,阳光下,面朝阳光,阴影在后;黑暗中,阴影存于内心深处。阴影一直存在,我们只能善待它,而不是做它的奴隶。

忧伤不分担

有福共享是遍地开花的，而有难同当却不多。"我愿意为你分忧。"说这句话的是朋友，因为，只有真正的朋友才愿意为朋友分担忧伤。然而，真正的朋友却似乎不明白一个道理：忧伤是不能分担的。

忧伤不能分担？必定会遭受质疑。那我们就先来听一个故事。读小学的孩子回到家中，骄傲地对母亲说："妈妈，我今天考了一百分！"母亲原来阴沉着的脸上马上露出笑容，一把抱住孩子。这时，孩子的父亲下班回来，孩子又扑向父亲，把喜讯与父亲分享。父亲也非常高兴地说："真棒！那今天晚上去为我们孩子庆祝一下吧！"于是一家人其乐融融。只是孩子怎么也料想不到，早上出门时，他的父亲和母亲闹得可凶啦。孩子的快乐无形中改变了一切，因为快乐是会传染的，是可以分享的。

快乐可以传染，而忧伤呢？当然也是会传染的。

小宇告诉自己的挚友，自己的某个朋友待人不真诚，枉费自己一片真心；小宇很苦恼，最终两人朋友关系紧张。没想到，小宇的挚友在安慰小宇时，反思自己的某位朋友也有类似的言行，再一掂量，很是生气，把自己的那位多年的好朋友给放弃了。于是，两个挚友更是同病相怜，而忧伤也加倍了。

忧伤不仅会令自己惆怅，有时还会牵动身边的人的心弦，更说不定会招惹灾祸。刘鹏的事例便是如此。和小宇他们相同，刘鹏也是从分忧开始的，但留给刘鹏的是无尽的愧疚。刘鹏是因为自己的满腹牢骚想要找个人来宣泄，所以就打电话约自己的铁哥们儿内陆喝酒解闷。内陆听到朋友心情不好，自然赶来安慰，不幸就这样发生了：内陆在驱车前来时，因车速过快而导致车祸！当刘鹏得知消息赶到医院，才知道是自己的心情影响了好友，而让好友受伤在床，所幸并无生命危险。但却仍给好友的身体与心理带来了极大的痛苦，还有他家人的担忧。这一切都是从刘鹏的忧伤开始，却牵出更多人的忧伤。虽然开始并没有直接的关联，但情绪是被动传染的，结果忧伤并未被分担，反而造成更多、更大的忧伤！

把快乐分享给别人，痛苦的人也会变得快乐；把忧伤传递给别人，快乐的人也会忧伤。当然，也许没能传染，反而会是幸灾乐祸，但那种绝不是真朋友。真正的朋友一定会从忧伤的人的角度去搜寻解脱之路，必然会殚精竭虑，绞尽脑汁，虽然结果并不一定会完美。更有甚者，在原本的阴霾的氛围中，再增添外在的忧伤，会让自己的忧伤加剧。

快乐使人激进，忧伤令人沉滞。把快乐与人分享，把忧伤抛弃，不留给自己，也不给他人增加烦恼，就让我们快乐出发吧！

缺乏信心，造就危机

兄弟两人分到了一些葡萄苗，按照技术人员的吩咐，将枝条消毒后插在了地里。

由于时间正是十月份，枝条上没有一片叶子，犹如枯枝一般，一个月过去了，葡萄枝条竟然没有丝毫变化。

一天，哥哥又去查看葡萄苗时，发现有些苗的顶部已经变得干枯了。他不禁着急起来，因为技术人员说过成活率只有80%左右，自己的葡萄苗会不会正是不能成活的那20%呢？不然为什么自己这样侍候着，枝条反而都变了颜色？如果都枯死了，不白白荒废了大片土地？于是，哥哥把地里枝条顶端变成褐色的部分用手折断。随着清脆的声音，枝条已经短了一截，他很辛苦地折一趟下来，竟然有半数的枝条被他去了顶。

又隔了几天，哥哥再去查看，结果发现又有了枯枝，又去折断，经过几次之后，一些枝条已经快没入土中，他仍旧不放心，终于对这些貌似被冻死的枯枝进行刨根究底，这下他可是大吃一惊：绝大部分都已经生根，埋在土中部分已经呈现出绿意！

哥哥开始为自己先前的冲动后悔，赶紧将泥土小心翼翼放回，过了几天，又担心，又去摇摇枝条，检查是否平实，一个冬季，哥哥可真算是劳

心又劳力。

到了春暖花开的季节，眼看弟弟种的葡萄园已是一片碧浪，而自己的地里却只是绿色点点，哥哥百思不得其解。

技术人员闻讯赶来，听了他的述说之后，技术人员解释道："葡萄的种植要适应和遵循自然规律。每一季葡萄能成活的都是没有被自然环境所淘汰的。因为它们通过落叶、枯枝、停止生长来蓄积力量，为来年做准备。而你对种苗的表象怀疑，生出了一次又一次的不信任，因而对树条造成生存危机，破坏了枝条的生存条件，致使原本能活下来的苗子也死亡。你这是因为过分关心，而造成的信任危机啊！"

哥哥听了技术人员的话后悔莫及。

兄弟俩种葡萄的故事正如拔苗助长的故事一般，都在警示我们，生活之中，对学习，对工作，对生活，有时是因为缺乏经验，缺乏信心，因此现出过度关心、担忧而产生了信任危机，结果是事倍功半，事与愿违。

避免信任危机，其实我们只要为其确立目标，鼓足勇气，充满信心，做好充分准备就行。

别让珍藏的价值递减

人应该有所珍藏，至少是一种原始积累与积蓄。可是现实生活中，并非事事都是值得珍藏的，因为有些珍藏会导致其珍藏价值的递减，甚至于毁灭。

看到过一段文字：有一次，两人收到一盒珍贵的巧克力。男人舍不得吃，给了女人，女人也舍不得吃，让男人吃。结果几天后，那巧克力开始融化了，已经失去了最美味的口感。初读时，着实为那经典的爱情感动，然而，生活是需要理智的。

于是便想起一些经历来。20世纪80年代，农村走亲戚，是要带珍贵的礼品的，比如包装糖。由于物质稀缺，自己都舍不得食用的，是要留着下次送礼时用，而往往是甲乙丙丁依次送礼。最终，这礼品袋破损不堪，而里面的食物早已过了保质期，业已腐烂。

到了20世纪90年代，在农村还有熏腊肉的习俗。确切地说是将年猪肉挂着熏制，以便能节约着吃，平时是决舍不得吃的。因此一头猪往往要省着吃到下一年猪出来。结果是熏腊肉上长了厚厚一层烟尘与腐烂的皮肉粘在一起，清洗出来，浪费了近四分之一。更有些因为保护不当，甚至变味或是生了蛆，最后只得弃去。

　　曾与母亲谈起此类情景，母亲总会着急地说：那时穷啊。不节俭，哪有你们今天的幸福生活？

　　母亲或许是对的。生活需要节俭，但转念又想，总归是要使用的，为什么不能在它能发挥最大能量时有效利用其价值呢？

　　生活中尚有许多此类。因为珍惜，物不能尽其价值，一些老人辛苦一辈子，几十年下来节约近万元，可今非昔比；因为珍爱，怕他们受到丁点儿伤害，一直掖在怀中，而将孩子宠坏……

　　人生是需要珍藏的，比如阳光。在需的时候，温暖自己，也带给别人温暖。但盲目的、事无分类的珍藏，无原则的积累，当用不用，那么事物势必会随着世事变化，而其价值反而会贬值，甚至价值不能充分发挥，甚至还会随着时间不断地递减，直到完全腐坏，已然毫无价值可言。是该拧一拧我们的头脑，与理智与清醒相伴，别让珍藏的价值递减。

从别人给的寻找力量

  一个难民在寒风中瑟瑟发抖，想要找一份事情谋生。在难民向一户人家讨工做活时，这户人家看其可怜，就把他留在家中躲寒。恰好这时这户人家要出国一年，就把这座空屋让给这位难民暂住。这位难民一下子有了"家"，就以此"家"为据点，日日出去乞讨为生，然后回到"家"中，日子倒是过得比较惬意。

  一年后，主人回来，看到了这位曾经的难民现在竟然是以自己的家为归宿，过着乞讨的生活，主人很生气地说："这是我的房屋，不是管你一辈子的住处的，我是要收回的！"于是将难民赶了出去。难民此时很后悔，他当初没有在有了"家"后振作起来，改变状况，以为别人暂时给自己一个家，自己就真的有了一个家。他深深地体会到物质是别人暂时给的，总是要收回的！

  与此相类似的，还有一个故事。一位年轻人忽然接到移居国外的远房舅舅的电话，叫他办好手续后去继承大笔遗产。他的远房舅舅没有子女，现在算来这个年轻人是最佳继承人。这个年轻人本就缺乏拼搏精神，在得到这个从天而降的好消息后，欣喜若狂，在等待着签证办下来的日子里，辞去工作，过起了衣来伸手、饭来张口的生活。孰料年轻人去国外，与远

房舅舅过上幸福生活了一段时间，原本没有子嗣的舅舅不知从哪儿冒出来一个女儿，经过亲子鉴定，是舅舅的糊涂孽债。远房舅舅惊喜交加，最后给了年轻人一笔钱将他打发了出来。过惯了骄奢生活的年轻人不久就将其挥霍完，却再没有本领与精神去打拼，最后没有办法，干起偷鸡摸狗的勾当，成为阶下囚。在监狱中的他方才明白：利益是别人给予的，别人给的却不一定最终是自己的，不一定长久。

与这两个故事相反的，是战争艰苦时期，敌方用飞机、大炮等先进的武器对我方部队进行攻击，我方在顽强地坚守的同时，还积极地研究开发，陆续制造出先进的武器进行还击，最终取得胜利。打击是敌人给予的，在忍受艰难的同时，我们能做的是奋发图强，是突破，把打击变为动力。

人的一生中，总会遇到别人给予的，或是帮助，或是损害。不论是享受还是承受，都不如利用别人给的去发掘，去改变，从中寻找到力量的源泉，寻找到进步成功的方向。

爱的方式不一定可靠

曾宇对自己的孩子之严格，是常人所不能理解的，所以不少目睹过曾宇对孩子严格要求的人都说，孩子不是曾宇的亲生儿子，甚至有时曾宇自己也会生出一些疑惑，自己真就是一个"后爹"？

其实总结起来，就是曾宇看自己的儿子不顺眼：觉得儿子的行为离自己的要求相差甚远，于是更多的时候，便听见曾宇对儿子的呵斥。

曾宇自己也是一名老师，应该说是比较有能力的老师，因为他在学校很得学生的喜欢。所以曾宇当然知道教育要以表扬为主。但同一事情，如果孩子犯了多次错误，而且孩子屡教屡犯，曾宇想不生气都不可能。正是因为如此，曾宇才会对儿子的些许小事进行批评。

曾宇知道，自己其实是个失败的人，一个能被学生喜欢，却不被自己的孩子接受，而且可以说是自己的儿子完全害怕自己，这样的失败可以说是无与伦比的。

苦恼而又渴求改进的曾宇一直想要找到自己的对孩子的爱的最佳教育方式。

这天，曾宇路过一个公园，见一个小孩子要摘花，便上前制止。小孩说，自己是爱花，才会摘花。曾宇对小孩子说："小朋友，爱花没有错，

但是你爱的方式不对。你的爱会让花提前凋谢，你的爱会让花朵枯萎，最终失去美丽。"

孩子眨着一双似懂非懂的眼睛，点点头，离去了。看着孩子离去的背影，曾宇嘀咕着：爱的方式有许多种，有的是放弃，有的是占有，有的是呵护，有的是祝福。因为爱的方式不同，就注定爱会宽广，爱也会偏执。而这样的爱自己就拥有着多重，对学生与对儿子的爱就是不相同的。因为对儿子期望值过高而偏执，所以曾宇忽然发现自己对儿子的爱的方式不可靠。同样是爱，是真诚的爱，但爱的方式有时竟然会不可靠，是责任的使然，是承载的因果，不管怎样，生活告诉我们：爱会让人振奋，而挚爱更会让人迷惘，爱的方式真的不一定可靠。

第七辑

不争，是一种至尚的境界

低调内敛，

与世无争。

对心灵净土坚守，

心怀博爱。

正确处理好人生的争与不争，

这当是一种大境界。

忘却过去，把握现在，憧憬未来

天气逐渐变冷，候鸟开始迁移，第一次迁徙的三只候鸟结伴而行。

飞到途中，一只候鸟忽然惊呼："糟啦！我把寻觅到的小灵芝给放在家里啦，我走的时候都没有来得及把它藏好！我们走以后，会不会被那些入侵者给找到！还有，我离开时忘记交代邻居帮我照看；还有……不行，我得回去。"

不等另两只候鸟怎么劝说，第一只候鸟已经展翅往回飞。看着第一只候鸟往回飞，另一只候鸟羡慕起来，想起自己其实也好像有很多东西忘记收存，想要往回飞，但又害怕耽误行程，来不及飞到南方，而前行呢，又唯恐失去那些东西。第三只候鸟见这第二只候鸟在那里磨蹭，就提醒它说："我们得快点啊，天气变化莫测呢。"第二只候鸟迟疑不决地说："要不，我们等等第一只鸟儿吧。这样天天飞行太辛苦了，反正我也有些累了。并且，我们也不知道南方有多么远……"第三只候鸟劝告道："失去的明天努力会再得到，勇往直前，明天一定会更美好的。"可是任第三只候鸟百般劝诫，第二只候鸟也不听，停停走走，它想即便自己没能回去，也能等到第一只候鸟飞回来。

劝说无果的第三只候鸟怀着沉重的心情，也怀着美好的梦想独自飞向南方。

寒冬来临，返回家的第一只候鸟虽然找到了它的珍贵的灵芝，但却没能及时到达南方，在途中遭遇寒流而冻死；第二只犹豫不决的候鸟最终被猎人捕获，也没有逃脱厄运。

只有第三只候鸟在春暖花开的时候，飞了回来，虽然家园已经被破坏，但通过它的辛勤劳动，不久就重新建好了美丽的家园，也拥有了一切。想着两位同伴，它有些伤心，更为它们的行为感到遗憾。

三只候鸟，面对过去、现在与未来，因为做法不同，结局不同。

面对过去，最佳的方法就是忘却，让它留在身后，不去追忆，也不去悔恨。

面对现在，最重要的就是把握机遇，珍惜现在的每一刻，即刻动手，马上行动，才能走向胜利的前方。

面对未来，只有充满无限的希望拥有圆满的梦想，并且将其转化为前进的动力，为成功奠基。

三只候鸟如此，而人生也更应该得以警示。

每个人都有一双慧眼

刚从公交车下来，12岁的女儿就问妈妈："妈妈，为什么人们不主动让座呢？"

妈妈有些意外地问："怎么啦？"

女儿说："刚才，我看见一位老奶奶上了车，可她面前那位坐着的年轻阿姨一动不动，为什么现在的人会这样呢？"

妈妈一顿，想起确有此事，她知道，自己要妥善回答女儿，不然就会影响她以后的观念。

妈妈想了想说："哦，你说的我没有看见，但我正想为那位老奶奶让座时，却看见有许多人都主动地站了起来，最后是挨老奶奶较近的一位大哥哥让给老奶奶坐的。看，全民都有文明意识和行为呢，不是吗？"

女儿歪着头，又点了点头，说："是这样的，可是……"

妈妈打断女儿的话，说："明天我们做个调查，到时根据你发现的再说，好吗？"

第二天，妈妈带着女儿到处走走。在妈妈的指点下，女儿不仅发现许多人都在主动地让座，还见到人们主动地把垃圾扔进垃圾箱里，偶尔地上有垃圾，也会很快地被路人拾起，等等，而且，自觉排队的、尊老爱幼的等各种文明行为也比比皆是。

女儿惊喜地发现，身边的每个人都做着文明行为的表率呢。

女儿感到奇怪，问妈妈："您和他们说过什么吗？"

妈妈笑了说："不，只不过我是用慧眼去看周围的一切。"

女儿恍然大悟道："原来您有慧眼啊！什么叫慧眼？我有吗？"

妈妈说："慧眼就是澄明智慧的眼光。慧眼每个人都有。其实，人们所见，有时并非全貌。我们要从向上的积极乐观的角度，用理性的眼光去看，人生真的是熠熠生辉的。"

12岁的女儿不太懂，但还是点点头。妈妈又自言自语地道："如果每个人都用慧眼去看，并落实到行为，世界会更加美好的。"

人生之中肯定会有污垢，但人生处处是美景，专注于污垢，自己就一直处于黑暗之中。反之，倾心于纯净，用至善的言行去体验并感染身边的人，那么美丽俯拾即是。当然，这一切，要用慧眼去看，用每个人都有的慧眼去看，那么每个人的人生都会充满快乐，洋溢着幸福，而会少了奢望，多了文明，那么礼仪之邦还会遥远吗？

今天,就是转折点

有人说,成功不在于起点,而在于转折点。于是,许多人碌碌无为地活着,他们在等待着自己成功人生的转折点。可这些人一直都没有等到自己人生的转折点,殊不知,转折点是等不来的,也不在未来,而就是今天。

有这样一个故事。有三个自认工作上备受打击而意志消沉的年轻人去抽签算命,三个人抽到的签都说中年时会昌盛。于是其中之一的小刘开始放纵自己,过着今朝有酒今朝醉的日子,他的口头禅就是:反正我到中年时就会发迹的。

而三人中的小李则对抽签一事并未放在心上,按部就班,平淡而又平凡地过着每一天,没有勤奋地去力争,也没有全力拼搏,他也有一句口头禅:这样,其实也挺好。

与前两人完全不一样的另一个人叫小郑。小郑总是不安于现状,趁着年轻,绞尽脑汁地想着怎样奋斗出一个不一样的人生来。然而,命运好像与小郑开了个玩笑,几年下来,小郑的几次投资均以失败告终,他不仅没有做成事业,反倒欠下一身债务。痛定思痛的小郑想要放弃,但他又被自己的信念所鼓舞:我到中年时就会成功的,所以,今天,我不能屈服。

二十年后，小刘一无所有；小李跟许多中年人一样过着小康生活；而小郑呢，已经是一位知名企业家。有记者问他的成功经验，小郑感慨地说：昨天我失败过，昨天我也成功过；明天，我也许会失败，也许会成功。而这一切，决定于今天的我做什么，怎么去做。所以，今天，就是起点，今天就是转折点。

起点有好歹，转折处处有。今天的任何举动都会为明天的发展创造新的局面。都是要把握机会，都想要把握转折点，那么，别再犹豫，把握住今天，因为，今天就是转折点。

宽容像风，一路送行

　　酷热难耐的教室里，老师正准备开家长会。待家长们走进教室坐好后，老师大声问："各位都很热吧？桌子上有一把扇子，请使用。"听罢老师的话，家长们面面相觑，因为那些扇子虽然漂亮，却被牢牢固定在桌子上，根本取不下来！

　　老师看着家长们疑惑的眼神，颇有用意地说："是这样的，这些扇子都是名贵的珍藏品，为了保护它，请大家像我这样使用。"说罢，只见老师面向桌子，对着扇子左右摇晃着脑袋扇风。

　　老师的这一举动把大家看得目瞪口呆！在家长们的窃窃私语中，老师站起来，语重心长地说："其实，每个孩子都是我们的宝贝，都想要尽力保护他。可过分的保护，只会让他成为这桌子上这把中看不中用的扇子，若孩子的思想被禁锢，行为被束缚，那又怎么能自由发展，成为有用之才呢？"

　　接着，老师又讲起了另外一个故事："我曾经碰到过一个在野外放风筝的孩子，却发现他只是拿着风筝，并不放手让它飞翔。问起原因，孩子说他很喜欢这个风筝，但担心风太大，会吹坏风筝，更害怕手中的线会被挣断，所以只是用手拿着——当然，风筝也永远不会升到空中。"

一时间，教室里鸦雀无声，家长们都静静地回味着老师的话。是啊，保护不是真爱，真爱是让他逐渐成长。不能扇风的扇子毫无作用，不能飞翔的风筝便失去了它的价值，我们不能因为爱护，便剥夺了孩子的自由！溺爱是锁，宽容像风，亲爱的家长，您是愿意为孩子的心灵封上桎梏，还是愿意送他一路远行呢？

天使也曾这样走过

　　作为一名全国著名城市的形象大使奥其文感觉承受不住外界的压力,因为他的成功,有人开始挖掘他的过去,将他过去艰难历程中的一些事件虚构、夸大,然后中伤奥其文。一向做着慈善事业的奥其文对这个形象大使的称号并未放在心上,但是他觉得人们对自己的偏颇会影响到其他人的慈善行为,所以他决定退出这个公众的圈子。

　　奥其文的导师,著名作家杰•迈克也是奥其文的慈善事业的引路人,他劝奥其文别放弃,他说:"天使都这样走过。"然后,杰•迈克就讲了一个故事。

　　人们在得知天使将来到河心小岛的时候,都向河边聚集。在河边,人们看着眼前的河水为难了。河水不是很深,但水流很急,一不小心会被卷入激流中;而且,河底有乱刺荆棘,身陷淤泥会被扎伤;更难的是河水中有怪兽出没,蹚过河水的过程中,谁也不敢保证不会遇上。

　　许多人还是下河了。然而,在急流面前,有不少人退缩;也有不少人被荆棘扎痛后选择放弃;还有些人勇敢地与怪兽拼搏,力气渐渐不济,幸好做了充分的准备,虽然受了点伤,但总算是全身而退。

　　最终,成功到达河心小岛的只有怀特、布拉和克利莎三人。河边的人们看着三个成功渡过河水的人，充满羡慕。当给他们戴上天使花环时，这标志着他们将成为新的天使。这时河岸上有人嫉妒地大喊起来："他们都是有污点的人，不能成为天使！"

附和声便响起来："他们曾经身陷淤泥中，身上带有污秽，怎么能成为天使？"

"我看见怀特在急流中曾经摔倒，要不是克利莎拉他一把，他就起不来了。曾经摔倒的人意志不够坚强，不能成为天使的！"

"布拉是给怪兽诱饵，通过骗取的手段来逃避争斗，太奸诈了。"

"克利莎先是与怪兽亲吻，还将自己的满头青丝献给怪兽，博得怪兽信任，才到达小岛上的，都与怪兽同流合污了，这样的人不配成为天使。"

……

在人们的喊叫声中，怀特、布拉和克利莎三个人都低下了头，他们小声地说："是的，我们不能戴上天使的花环。"

天使看着河边的人们，又看看怀特、布拉和克利莎三人，微笑着说："不，你们都配。每一个天使都曾这样走过。"

三个人都诧异地看着天使。天使说："每一次磨难和经历都是一种财富。在磨难和经历中寻找到感动，去感悟人生，最后升华自己，服务于大众，你就能成为天使。"

导师讲完后，说："曾经的不完美，并不是现在的错，最重要的是现在应该怎么去做，让自己对大众的服务更趋向完美。这才是更多的人所看重的。"

听完导师的一番话，奥其文一脸坚毅，对未来充满信心。

和谐，是最有利的攻击

　　埃菲酋长老了，想在两个儿子之间挑选一个作为继承人。通过层层比赛，两个儿子的智慧、勇敢以及带兵能力都不相上下。埃菲酋长一时难以抉择。这时，一个长老对埃菲酋长提了一个建议。

　　两个儿子被领到部落的一座高塔前。埃菲酋长说："这是最后一个考评项目。你们两个人将要从这六层高的塔顶上不用任何绳子拴着跳下来，根据你们跳塔的情况来选定部落的酋长继承人。"

　　两个儿子围着高塔前前后后看了一圈。埃菲酋长问："你们谁先来？"大儿子还没等小儿子说出来，就抢先说："我先来！"说着就准备往上冲。

　　"不！"小儿子大声地喊道。埃菲酋长连忙叫住了已经冲到高塔入口的大儿子。

　　大儿子骄傲地转过身来，望着自己的弟弟。

　　埃菲酋长也用奇怪的眼神看着小儿子。小儿子用商量的语气说："父亲，别让哥哥去跳塔了。我放弃了。就让哥哥继承酋长吧！"

　　埃菲酋长问："为什么啊？"

　　"从这么高的塔跳下来，哥哥会没有命的。即使不死，也会变成残废。"小儿子担忧地说。

"这样你不是就可以顺利地当上酋长了吗？"埃菲酋长说。

"不论谁当酋长都是为大家服务的。而如果我们兄弟两人为了争当酋长，会因此失去亲人，我想这不是您愿意看到的。"小儿子说。

埃菲酋长点点头，对着大儿子说："你认为呢？"大儿子愧疚地低下头，说："弟弟说得对。我光是想着要逞强，却没有想到这些。"

埃菲酋长语重心长地说："人与人之间，是不能光靠行为来处理的。国与国之间也是如此，小摩擦与冲突是难免的。而这时，我们如果能用和平的方式处理，就决不运用武力去解决。因为每一次战争都会带给更多的人灾难，而和谐，才是最有利的攻击。我们做酋长的目的是带给人们安宁幸福。"

两个儿子都重重地点头称是。

不久，在小儿子的坚持下，大儿子继承酋长，而小儿子却主动请缨到边境驻守。在兄弟两人的带领下，部落经济发展迅猛，部落越来越兴盛，周边的一些小部落也主动臣服，部落的居民们都过上了更加安定、幸福的生活。

"和谐，是最有利的攻击"，被一代一代酋长传承下去。

委屈是可以淡化的

人文大学教授给自己的学生布置了一份作业：参加工作一年后，都要汇报自己工作中所感受到的酸甜苦辣。

一年后，教授陆续收到了来自各地的总结报告。教授逐一整理。大家的总结各有千秋，有欣喜，有成功，有失败，有悲伤。每个人的际遇都不尽相同，每个人都在各自的际遇中拼搏奋斗，也有迷茫。教授在整理分析后发现，说到委屈的最多。

有怀才不遇的委屈，让自己愤怒，而让委屈成为利器，不仅伤害别人，也伤害自己的身心。有提而不拔的郁闷，阻滞前进的激情，觉得社会一片晦暗。有对前景迷茫失落，有对任用而又取消的憋闷，让正欲大展宏图的自己又萎靡不振，甚至生出绝望。所有的人都在表明一点：领导的行为让自己深受委屈。

致力于社会人文研究工作的教授陷入深思。他知道，这是初涉社会的年轻人都要经历的问题。如果没有解决好，也许会影响一个有为青年一生的命运。

恰逢教授要到外地去开会。坐上飞机，望着窗外。他在思索着怎样引导年轻人。下飞机时，天空中飘起的细雨打断了他的思绪，也激活了他的思维：他上飞机时正是阳光明媚，而下飞机的地方却是阴雨绵绵。连太阳也不公平！不，准确地说，是要拨开云雾，方能见到阳光！那如果不能拨开阴霾呢？就只有接受，而最好的方式就是淡化！对，把委屈淡化！

教授赶到酒店，就开始给曾经的学生们回复：淡化委屈，就是面对现实，与其陷在已有的委屈中不可自拔，不如擦干眼泪，继续前行。

为而不争是一种境界

大一的外甥女放假回来,见我的第一句话就是埋怨,说就是我的话让她失去了一次机会。

原来,外甥女在上学期间曾经给我打过电话请教我,她将要参加学生会某部的复试,该怎么办。我当时斟酌了一下,外甥女各方面的条件似乎还不够,于是我就送了她一句话:尽力而为,为而不争。外甥女不解,最终也没有被选上。所以她把这责任全归咎于我。

我笑了笑,对外甥女说:"有没有兴趣陪我去打打羽毛球啊?"

外甥女倒是爽快,说:"我正想教训您呢!"

没有想到,自认为年轻有力的她竟然不及我。并非因为我常练习,我平时打球都是偶尔娱乐一下而已,对此,外甥女也很疑惑了。

我解释道:"不知你发现没有?羽毛球中有个很易犯的错误。"

外甥女问:"什么啊?"

我说:"那就是有些人接球或击球后就太关心球的结果,而致自己停滞不前,待对方击球回来时,已来不及回应。"

外甥女奇怪地问:"我们打球不就是要将目标完成吗?"

我耐心地给外甥女讲道:"你看啊,你的力量、技术已然控制了球,即使你再关注，或是不再关注，在球离开你球拍过后，结果都是一样的。而事实上你却仍关注结果，忘乎自己，失败也就是必然。"

外甥女着急地问："那该怎么办呢？"

我平静地说："在你尽力挥出球后，不等有无结局，你都应该摆正你的位置，准备下一个开始。"

外甥女央求再来一局，她逐渐将所理解的技巧运用其中，果然进步很大，收获很多。

回去的路上，外甥女高兴地说："今天，我学到羽毛球技术了呢！"

我笑着问她："只是打羽毛球吗？其实人生很多时候也是如此，你想想看。"

外甥女偏着头，说："哼，我明白啦，您肯定是找这个机会又给我上课呢！不过，我想我能体会出来的。"

当天晚上，外甥女的博客上出现一段话：人生要尽力而为，又要为而不争。人生是复杂而又简单的，如果欲望愈多，必然会愈复杂；而最明智的做法就是做好自己手中的事，并认真地做，尽力去做，即使没有成功，没有成就。只要回首再望时，可以问心无愧地说："我尽力了……"这就是道家所提倡的"为而不争"。简单的四个字，在物欲横流的今天，做到却不是件容易的事。因为这是一种坦然的淡泊的人生态度，一种境界。有人在困难面前退步、放弃，最终一事无成；有人在名利面前，尔虞我诈，钩心斗角，拼得头破血流，却两败俱伤。

而像居里夫人、爱迪生等真正成大事者，功成名就的人，莫不是尽力而为、为而不争的表率。正是因为他们将人生做到淡泊，抛却利益权力，注入简朴、平淡的生活中，而快乐自我。他们的成功注定就是：尽力、用心、淡定、不放弃，但一定要抓住瞬间！

赞美需要真诚

著名的心理学家深入学校，当他面对一名弱智儿童时，弱智儿童数着这位心理学家伸出的五个手指，良久才说了声"4"。心理学家却高声地赞叹说："你真了不起，只少数了一个！"那位儿童当时呆滞的目光一下子闪闪发光。

看着这一幕，艾伯尔和在场的所有人都情不自禁地为心理学家的举动而激动地鼓起掌来。随后，心理学家以"真诚的赞美"为主题的演讲很成功，大家也受到启发，特别是艾伯尔与其他几位教师也开始学以致用。

多年以后，艾伯尔发现自己曾经用赞美激励的孩子长大后，成了无恶不作的坏蛋，不仅多次勒索艾伯尔，而且还厚颜无耻地说："老师，请你给我赞美，我需要经济帮助。"艾伯尔用赞美想去转化的其他学生，也并没有转变成有优秀品质的人才。而艾伯尔的其他几位同事中也有用赞美去启发的学生，也没有得到期望的效果，倒是不少孩子长大成人后，成了虚伪的人。艾伯尔与其他同事都不得其解，就去求证当年那位心理学家曾赞美过的弱智儿童，结果发现他已经成为流浪的乞丐。

他们给心理学家写信去说出自己的疑惑。心理学家回复道："赞美必定能在瞬间找到闪光点。但真诚的赞美，绝不能容下半点虚假。孩子的成长过程中，明知不对，却一次又一次反复地赞美，这赞美还真诚吗？"

赞美需要真诚，不是容忍，不是虚伪。因为赞美，不是奉承，吹捧，而是用真情扶助。

智慧的人会倾听

先讲两个与教育有关的生活故事。

作为一名教师的李治有些苦闷。他一直精心备课，认真教学，努力勤恳工作，却总没有多大的成绩，学生和家长似乎都有意见。校长为此还专门组织人员不事先通知地听了李治老师的随堂课，也就是最原生态的课堂。

过后，校长与听课的老师一商议，然后校长就找李治单独谈话。校长首先对李治的课堂设计等予以高度评价，在李治暗喜时，校长却又撂下一句泼了李治冷水的话：你说话的语速太快了！

原来办事一向风风火火的李治说话与性格对应，语速较快，加上本身普通话里又有地方方言，所以在学生听来，李老师很多时候是自说自话，李治的精彩讲解就成了对牛弹琴！

李治虚心接受意见，开始练习缓慢地说，每个字音清晰吐出。果然，学生们都表现出对李老师课堂的喜爱，一学期下来，成绩明显好转。

总结工作时，李治感慨万端地写道：说话，这门表达能力的艺术是多么重要。

还有一个关于教育的笑话。一天晚上十一点多了，写完材料正准备休

息的刘校长刚去洗漱，他放在床边的电话响起。

刘校长的妻子见丈夫在洗漱，就拿起电话一看，是蒋老师来电，妻子便将电话接了，没想到听到的是："麻烦你告诉一下刘校长，说我有了……"这还了得！在二三十职工的小学校里当个校长，就敢拈花惹草，妻子大怒，一下子就将电话给摔了！等丈夫出来，还没搞清楚状况，妻子便与他干起架来。

幸好蒋老师家也不远，一头雾水的刘校长拉着妻子不顾夜晚专程赶到蒋老师家，最终把事情搞个水落石出。原来是下午的时候，新婚不久的蒋老师就觉得自己身体不舒服，想向刘校长请假，当时刘校长就让她先去检查后再说。没想到蒋老师的值夜班的医生朋友回来刚把结果给她，蒋老师也没想那么多，就直接打电话说明请假事由，只是说来太简短，而听者却偏又有心，于是，差点儿引起一场闹剧！

刘校长的妻子哭笑不得。这都是不听完整惹的祸！

生活中，类似的听与说而产生误解的事例数不胜数，小者只是一次召唤，大者可是上千万甚至是上亿元的经济损失！所以注意倾听是多么重要。倾听不仅是人与人之间沟通的工具，更是尊重他人的表现。倾听不仅是学习的基础，更是发展运用的先决条件。倾听不仅是与外界感知的前提，还是一个人能否准确认识自己的方法。

表达是重要的，倾听更加重要。倾听与说一样重要。充满智慧的人，往往倾听比说要多得多。

实际比讨论更重要

数位有经历的青蛙博士聚集在一起，决定对生命进行分析论证，以彻底理解。

甲青蛙博士说："优质的生命应该从生命之初始，选取最优异的基因。这样，所造就的生命从体质开始就奠定了基础。"

乙青蛙院士说："新生的生命是基石，也更需要一个优化的环境。环境决定生长发育。"

丙青蛙专家说："从入学始，选择全动物界甚至世界上最顶尖的学校与导师。不少至尊灵魂败于庸碌的教师手中。"

丁青蛙哲学家说："必须进行思想更新，既要有西方文化又要有东方文化，这样的先进文化熏陶铸就的人才，必将史无前例。"

正在大家要往更深层次讨论时，空中传来一只蛤蟆的声音："你们的讨论倒是很精辟。可你们知道不？前方火山喷发，岩浆已经快要漫过来了，只是不知你们的这些理论该如何传承下去呢？"

众青蛙专家抬头一看，是一只大雁脚上挂着一个篮子，而蛤蟆正安全地待在篮子中。众专家望了望周围空无一物，眼睁睁地看着滚滚而来的岩浆，最后齐齐地发出一声感叹：实际比讨论更重要！

可惜，这句至理的话语很快就被淹没于岩浆之中。

认识自己，点亮精彩

至少还有，总会有

遭遇车祸，夫尔贝特失去了双腿，这对任何人来说都是一个沉重的打击，更何况对于以攀岩为职业的夫尔贝特来说，更是个致命打击。失去生命动力的他颓废、沮丧，意志消沉，对自己人生绝望，甚至都有过轻生的念头。

直到一天，他躺在床上休息的时候，在电视中看到这样一个片段：一个探险的人驾驶小船在湖中因为遇险而失去了双桨，距岸边还有数里远。他左右寻找工具，一无所获。而最终他就用双手作桨，成功地将船"划"到岸边！这个探险的人感慨地说："没有其他工具，我也不会放弃，至少还有双手！"

至少还有双手！夫尔贝特觉得这句话是多么熟悉。是啊，西班牙的塞帕斯提亚·罗德里格兹失去了双脚，但他以"至少还有双手"激励自己，坚毅敢闯，悉尼残奥会上，他共赢得了5枚金牌。至少还有双手！

夫尔贝特反复默念着：至少还有！他不禁想起，把这句话演绎得最为深刻的是菲尔。这个传奇人物没有双手，也没有双脚，却创造了奇迹，鼓舞了无数人。失去四肢，还有口，还有坚强的意志，聪颖的头脑，不屈的精神。菲尔和塞帕斯提亚·罗德里格兹都是没有了双手，却仍然书写出灿

150

烂的人生，他们心中都有个信念：至少还有！

　　想到此，夫尔贝特开始报名学习马术，每当他有松懈想要放弃时，他就会想起菲尔和塞帕斯提亚·罗德里格兹来。功夫不负有心人，几年后，在全州的马术大赛上，夫尔贝特凭着超凡技术和无比毅力，漂亮地完成了一场艺术与睿智、勇气与技巧完美融合的撼动人心的"舞蹈"。夫尔贝特说，他的目标是世界奥运会，相信总有一天，他的目标会实现，因为，他始终坚信：至少还有！

　　所以尘世中的人没有谁是一无所有，只要你看一看，摸一摸，听一听，想一想，真的至少还有，并且总会有的，因为心跳还没有停止。

智者的选择

　　樱桃价比猪肉贵，这不是神话，也不是"樱桃好吃，树难栽"的缘由，而是每到樱桃成熟的季节，那红得透亮、圆润得发光，再加上酸酸甜甜的口味，诱人垂涎三尺，别说是人，就是天上飞着的小鸟，也会来争着啄食。树下一地樱桃核儿，肯定是小鸟留下的。可以说，对于那个季节的那短暂的收获时机，樱桃的价"狠"是实至名归的。

　　正因如此，就有人开发出樱桃农家乐，选址当然是山间，种有几十棵，每年到了樱桃成熟的季节，去体验采摘的人趋之若鹜。

　　这一次，山庄又推出了新的活动，叫"踹树得樱桃"。也就是说樱桃不用采摘，而用脚踹樱桃树的白色根部，凭自己力量从树上踹落多少就得多少。

　　这活动得到大伙赞同的原因有两点：樱桃好吃，果难摘，果实在树上好摘但树难爬，因为树枝软又脆，易折断；而另一方面，生活中如果有需要发泄的，这还确是一个排遣方法，即使没有出气的意思，也可以借机锻炼一下身体。何况，地面上铺一张洁净的塑料布，只那么用脚一踹，便可以听得"唰啦啦"的一阵响，接着一地成熟的樱桃，这情景，煞是惊羡人，而且，似乎，这一脚，是物超所值的，忒便宜。退一万步说，即使没有踹得多少樱桃，仍是可以采买的。

这样又好玩，又有好吃的活动，便有了一家三口也去踹樱桃。

爸爸与8岁的儿子都选了一棵又壮实又挂果多的果树，妈妈觉得自己力量不足，选了一棵较小的树。

做好准备的爸爸铆足了劲，一个起跑冲向选中的果树，猛踹了一脚，然后，爸爸抱着踹得有些生疼的脚，充满希冀地望着樱桃树，而这棵威武的果树，只是轻轻地晃了晃，树上的樱桃也零零星星地掉了几粒下来。爸爸满脸失望，这几个不够塞牙缝的果子可以元为单位计价了。

看得哈哈大笑的儿子也摩拳擦掌，准备一展身手，也是用尽全力踹向他选中的树，结果用力太猛，疼得抱着脚直叫唤，而掉下的果子比爸爸的还少。

见此情景，妈妈笑了笑，说："你们来踹这棵树试试。"

看着这棵显得弱小的樱桃树，爸爸和儿子相对一笑，于是，儿子上阵。儿子这次不再全力用劲去踹，没想到樱桃树一阵摇晃，树上的樱桃似雨点般落下！一家人高兴得直跳起来。

吃着樱桃，看着果实累累的樱桃树，再看看后来者仍是会有大部分人选壮实的果树踹，经历过的人总会忍俊不禁，然后小声地说："智者才不会这样选择。"

仔细想想，的确是，智者懂得，目标并非越大越好，更不是越多越佳，而是更贴近自己的实际，能得以实现的才是最佳的。

也要为别人生存

因为被男友所骗，江玫一下子吃了一整瓶药自杀，幸亏江玫的母亲发现及时，送往医院。

等江玫醒来，已经在医院里。江玫无力地闭上眼睛，说："为什么不让我死？"

一句厚重的话语传进江玫的耳朵："你看看你面前的人吧！"江玫慢慢地睁开眼，坐在床前的是一脸憔悴而又惊喜的母亲，而更让江玫吃惊的是，她的母亲头发全白了！

江玫的母亲说："孩子，请为我们活下去，好吗？"江玫沉默，母亲掩面离去。

江玫再次醒来，身边坐着的是她的导师。导师没等江玫开口说话，就说："人不光是为自己活，而且要为别人而活。"

江玫奇怪地望着导师。导师说："我给你讲个故事吧。

"从前，有个自私的人无论是谁找到他办任何一点事情，他都会说我不是为别人而生存的。慢慢地，大家都知道了他是个自私的人。一天，这个人想要出门。他去坐车，没想到司机根本就不许他上车，司机说，这是大家的车，大家的车也不会为他服务的。这个人无奈，只得走路，刚上路，又有村民拦下他，让他绕道而行，因为全村人修的路也不是为他修的。他只得走山路。来到街上，这个人想要买点吃的，可街上的人都认识他，不卖给他，说这些东西不是为他准备的。这人发现，如果用这种说法，自己真的将是寸步难行。最后，这个人终于明白：在这个世上，没有绝对的为自己而生存的事情。无论是衣食住行，还是一呼一吸，我们每时每刻都在依赖着别人，没有他人昨天的付出，根本就没有今天自己的生存空间。"

导师讲完，又说道："你会还有疑惑，认为这与自己何干？"江玫点点头。

导师语重心长地说："你来到这个世上就不是独立的个体，因为，你还有那么多爱你的人。我们依赖他们，他们也会或多或少地依赖着我们。假若你离去，你个人也许得以解脱，但是你可知道，那将会还有多少人会因此而浸入悲痛之中呢？"

江玫似有所悟。导师又问道："你之前得过别人的关爱没有？也可以理解为别人为你而活没有？"江玫点点头。

导师说："那么，从现在起，你为自己生存已经没有意义，可以不为自己而活，就为那些曾予以你关爱过的人而生存吧！"

江玫静下心来，终于领悟了导师的话语。出院以后，江玫对生活充满了信心与希望，不久就开始了新的生活，而且把关爱更多地给予身边的人和她所知道需要帮助的人，只要有可能都力所能及地提供帮助。也要为他人而生存，深深地烙印在江玫的心里。

人是为别人而生存，爱因斯坦说。表面上有些不合道理，但事实如此。活着，所做的一切，似乎仅为自己，但自己并未享用完，同时也与他人分享，或传与别人。同理，别人也是为自己活着。如果没有别人昔日或是现在正在做着的一切，我们今天都会有些什么呢？社会是相互依赖的，那么谁也不可避免地享用着他人的劳动成果。

为别人服务，他人也为你服务，这才是真正的人生。

成功来源于社会的发展，他人的帮助，造就自己的成功，而自己的成功何尝又不是回报于社会，服务于他人？享用于他人，即使是吝啬鬼的一毛不拔，不也是被后世的他人所享用吗？

为自己活着，也要理直气壮地为他人而生存。用一颗感恩之心去回报他人，快乐却在自己的身上，幸福伴随在自己为他人生存之中。

苦难历练人生

一道招牌菜端上桌子。一个顾客只吃了一小口，就吐了出来，说："这也叫菜，已经没了原味！"

被端回去的菜摆在桌子上，就发生了一场争论。

原料生气地说："就是你们这些作料惹的事！如果没有你们，我们就不会变质变味，那么我们就不会被顾客退回来！请你们这些作料离开，让我们保持原有的风味！"

作料讥讽道："离开了我们，你还会有什么市场呢？"说完，作料拂袖而去。

没有作料的原料以原味再次被端上了桌台，那追求原味的顾客品尝着可是满意至极。原料也倍感欣慰。原料下定决心，自己再不依靠作料！

几天过后，每天来只吃到原料上场的菜引起人们的反感，人们再也不来了，原料想，哼，还有那喜欢吃原味的人会来啊。可是，那追求原味的顾客也没有到来，而其他的顾客也因为菜味的平淡无奇也不再来。毕竟，嗜好原味的没有几个真正欣赏原味。最后的结果，可想而知。

原味，离不开作料，就是这么简单。而如果把人生当作原料的话，那么苦难与快乐就是人生的作料。是作料，让原味更丰富，更香醇。人生可以追求平淡，拥有快乐，但不可能完全摒除苦难，就让不可能抛弃的苦难，历练我们丰富的人生。

永不失去的目标

到北海没有去冲浪，那肯定是遗憾。踩着细软的海滩奔向大海，然后尽情地领略大自然的风情。直到疲惫至极，又踩着柔腻的沙砾尽兴而归。或许正是因为只顾着大海，所以极少有人会发现在海滩上面还有另一种生命的存在——沙蟹。

最先是几个小孩子蹲在沙滩上用手指不停地挖着，以为是孩子们在玩沙。可无意间往沙面一瞧：竟然有什么在眼皮底下一晃而过，转瞬就不见踪影！再定睛一看：是小蟹，不是一只，而是无数！

好奇心顿起，便也似小孩子般抓起蟹来。孰料，这小蟹可不是那么容易抓来的。沙蟹在沙滩上挖了小洞，但凡有人一接近，它们就会迅速地往洞里奔去。待人伸出手去时，它已然钻进洞内，想要深掘而得之，却是不见其影儿了，所以一些孩子屡屡不获而放弃了。我也数十次未能有收获。蹲下身去，静下心来，我把手放在沙滩上一动不动，蟹又出来了，却并不走远，对自己周围动静格外警觉。待我以迅雷不及掩耳之势向蟹抓去之际，蟹又逃回洞中，我只差一点点儿！几乎每次都是这样！

当我又一次想要成功抓住时，我的手不慎将另一只蟹的洞给捂住了，这时我看见了意想不到的一幕：一只蟹竟然停在洞外一动不动！当然，我轻而易举地逮到了一只。如法炮制，居然没有几只能再逃脱！我把方法告诉那几个小孩子，他们也有了收获！

当我坐上车，看着装在瓶子里的这些小蟹时，不禁陷入沉思：毫无疑问，小沙蟹行动是敏捷的，可惜的是当它看见自己被堵塞时就疲于奔命了，其实在它的洞口边还有无数其他沙蟹的洞，可它放弃了，因为它只看见自己的目标已经失去！而事实上，它只要稍一转身，就能绝境逢生！

忽然间我不禁冷汗涔涔了，因为回想面对升职无望，事业无成时，我不也正如这只沙蟹吗？而我更不知道，生活中有多少人也会在自己完不成目标后就放弃堕落了。失去了一个长远目标，只要一转身，就会有小的切实可行的目标，一定会有的！只有这样，才永不失去目标！

完不成的简单任务

方老师召开家长会。

方老师说："我先和大家来做一项对折纸的活动。"

家长面面相觑，不知这位以智者著称的教师葫芦里又要卖什么药。

有家长说："就是将纸对折吗？这谁不会呀？3岁的孩子也不用教的。"

会场一阵哄笑，有人拿起桌上的纸开始对折起来。

顿了一下，方老师问："我想请问一下，将一张纸对折50次，有多少家长确定能做到？"

有家长想都没有想就说："这个肯定能办得到！"其他家长也跟着点点头。

方老师笑了笑，说："谁愿意到上面来给大家示范一下？"一位家长主动地上台，拿起桌子上的一张16开的纸，对折了8次，但因为纸太小，无法再折下去。方老师示意可以换一张与桌面一样长的纸，这位家长折了12次后，又不能再折下去。方老师又递给他一张足有教室长的纸，这次折了16次后，再次告停。

这位家长得意地说："看，多简单，只是纸不够长而已。"

　　方老师看着这位家长说："你的意思是只要纸足够长，就能折到50次，对吗？"

　　台上的那位家长点点头。方老师转过头来看着大家，大家也默许台上家长的看法。

　　方老师又问："那么这张纸需要多长？"

　　有家长说，100米就可以；有家长说1000米；还有家长说需要与珠穆朗玛峰高度一样长的纸才够，结果又引来一阵哄笑。有人说，这么长的纸，即使有，又该怎么对折啊？

　　方老师饶有兴致地看着大家议论。终于，会场静下来，大家都看着方老师。

　　方老师拿起一支粉笔把一个数据写在黑板上，然后说："我这样为大家计算一下吧。把一张0.07毫米长的纸对折50次，也就是2的50次方，结果是1125899906842624张，算纸的厚度为0.1毫米，即0.0001米，那么乘以1125899906842624就是112589990.6842624千米，差不多已经是地球到太阳距离的58%了。那么你说这张纸需要多长？这么长的厚度你能不能办得到？"

　　这下，家长躁动起来，却没有哄闹，只是默默地看着数字，然后深思起来。

　　方老师语气沉重地说："我只想说两句话。第一句，有些事情貌似简单，却并不一定能保质保量地完成，比如说教育。第二句，知识就是力量，谁还能大喊知识无用？"

　　一次简单的任务，让在座的家长明白了简单却又深奥的道理。

生命的两种姿态

生命是世上可感恩的奇迹。绝境中的人因为坚持,最终获救;植物人在亲情的呼唤下,重获新生;灾难与逆境中,钢铁般意志支持换来救援人员营救,一条生命最终存活。这是一种庆幸。生命,就是一种种高贵。

生命,是因为付出而高贵。据报载,在一次直升机救援中,舱下施救人员因为遇险,为避免拖累直升机上的其他人,自断其绳,而让机组人员全部获救。生命逝却,这位一直默默无名的士兵因为付出成为英雄,而显其高贵。

富贵的生命彰显卑微。一位年轻有为的青年企业家,一次见湖中有人落水,便奋不顾身地跳入水中,救起了落水者,自己却付出生命。而他永远不知道他的付出救回的是一名并不知感恩的失恋者。不久,这个人在人们的再度指责中服药自尽!只因为生命的尊贵,却无奈换回卑微与遗憾。

有两个不幸的家庭,都有一个身患重病的孩子。高昂的治疗费用让贫穷一家只能选择尽力而为。不久,孩子不治身亡,一家人沉浸在悲痛之中。他们无法承受丧子之痛,有心去爱护其他需要照顾帮助的孩子,逐渐走出阴影。

而另一户家境较好,于是变卖一切家当,走遍所有亲戚,放下一切事务，带着孩子跑遍全国传说能医治这种病的地方，终于把孩子的生命挽救回来，却不得不靠药物维持。同时，因为体质等原因，并发症时有发生。一家人全部身心皆放在孩子病上，工作没了，收入没着落，家境愈加艰难。而病与悲哀，始终笼罩在一家人的心头之上。他们不得不坚持，只因为他们觉得，孩子的生命是宝贵的，没有谁有权力放任他的离去。如果，生命因存在而宝贵，那么生命更因解脱而可爱。最起码，给亲人桎梏的张弛，宁愿留给亲人缠绵的思念，并也转换为一种博爱。怎能不说，那因贫穷而放弃的孩子的生命不可爱？

生命是以两种姿态存在的。鲜活的生命是高贵的；病态的生命不仅给本人痛苦，更给亲人绝望。是的，理性的为病态的生命选择放弃，此时放弃的生命，比可爱更可贵。

转弯处有阳光

寒冬里的一天，我坐车到一个小镇去办事。车出发后不久，我发现车里一个小孩子不停地在车里调换着空座位。正在我诧异之时，孩子的父亲发问了："你在干什么啊？就在一边坐好，别在车里走动，小心跌倒。"

孩子委屈地说："我想照阳光。可是阳光很不听话，一会儿在左边，一会儿在右边。阳光在哪边我就坐哪边。"

孩子稚嫩的话语引来车上人一阵哄笑。我也忍俊不禁，为孩子的天真可爱。不过，容我仔细一看，孩子说得并没有错，是实情。

车外，冬日的暖阳正温柔地从车窗里透进来。沐浴在暖洋洋的阳光下，心中的寒意顿时消逝。然而，行走在公路上的车却随着路途的蜿蜒，不断地改变着方向。暖阳像个淘气的孩子，忽左忽右，有时干脆不见了。

难怪孩子不停地在车里换着座位，忽然之间，一股激流浸入我的心田——转弯处有阳光！人生的转弯处也会有阳光的。人生并不总是一帆风顺的，成长的路上，机会垂青并非永久，机遇错失在所难免，失意、失落、失败会带给人伤痛、寒意，可并不意味着前方的路就是绝境。其实阳光无时不在，无处不在，哪怕只是一个真诚的微笑，一句关怀的话语，最关键的是我们心中要有阳光。这时我们需要的是坚持，而心中要有希望，我们坚强面对。我们要坚信，前面转弯处一定会有阳光的！此时纠结在心中的工作阴霾，忽然之间就烟消云散，一口气长长地吐了开去。

下车时，我微笑对着那个小孩子说："谢谢你，小朋友。"孩子与他的父亲一脸愕然地望着我。我对他们挥挥手，心里说："转弯处会有阳光的，寒意总会过去的。"

台球游戏里悟人生

人生路需要有规划，但计划总是赶不上变化。所以，机会在降临，又在无形中失却，用心去做，机遇就多些。台球只是游戏，而人生，只有用心、用行动去把持，让自己获得成功的机会更大，才是真正的人生。

有人提了这样一个问题：哪种国际性的比赛是一个人的表演？答案是台球。

说台球是一个人的游戏是有道理的。一场球从开始到结束，如果能控制得当"一杆清"的话，几十分钟的时间里就只有一个人在表演。而即使不能全清，把机会让给了别人，那也是别人一个人的推进，自己与其他人一样只能旁观。

最能迷住人的是，台球游戏就如自己的人生一般，自己就是这场台球的导演者，就是人生的导演者。球局如人生，每个人面临的人生就如每一场球局一样，虽世界相同，但各自的格局却不完全相同。

人的一生如球局一样，总会发现前方有许多目标，但在自己操纵过程中有时会因为自己的运作而偏离，或者说并不如自己想象般的轻松；如果没有长远目标，完成一个近期目标后，会忽然发现前进无望。绝境中，不放弃，于是有一搏的动机与行动，导致的结果正如人生，要么让自己在人生这场球局里失去光明辉煌，要么会险中求胜，竟然是山重水复，柳暗花明。

有时，自己辛苦奋斗，打下一片大好前途，却机缘错失，让自己成功的机会被别人轻轻一蹴而就。当然，也有时会为自己捡获别人的良机而暗自窃喜。这就是人生中的机会，更多的需要自己去创造，但有时却在不经意的放弃中改变了自己的人生方向。

人生路需要有规划，但计划总是赶不上变化。所以，机会在降临，又在无形中失却，用心去做，机遇就多些。台球只是游戏，而人生，只有用心、用行动去把持，让自己获得成功的机会更大，才是真正的人生。

毁灭的也是自己

　　大师刚闭关修炼出来，徒弟就向大师报告，寺外有一年轻人已经跪地一天，声称要见大师，经百般劝解无效。

　　大师颔首示意将其领入大堂。

　　"我要学武！"年轻人向大师跪拜。

　　"为何学武？"大师起身想要扶起年轻人。可年轻人执着并不起来。

　　"我要杀掉我的仇人！"年轻人恨恨地说。

　　"你的仇人是谁？为什么要取他的性命？"大师问道。

　　原来，年轻人本是机关职员。虽然工作兢兢业业，但机关领导不仅没有给这位有才华的职工相应的待遇，反而强占他的媳妇，让他戴了一顶有"颜色"的帽子。奸夫淫妇猖狂，势单力薄的他才动了用武力除去二人的心思。

　　大师静静地听着年轻人的叙述，说："我讲一个故事给你听吧。森林里有一种灰松鼠，只吃红塔松的松子。秋天的时候，灰松鼠就收集起松子来为冬天准备。囤好后，为了防止其他动物来偷吃，灰松鼠就往松子上撒尿。难闻的气味确实防止了其他的动物偷吃。然而，等到灰松鼠自己想吃的时候却发现，自己辛苦攒下的松子因为自己撒下的尿而腐烂了。最后，没有食物的灰松鼠被活活饿死。"

顿了一顿，大师接着说："世上本无杀人于无形的武功，即使有，那你用来取人家性命之时，岂非如灰松鼠一般，为自己种下祸根？那时，还会牵连你身边的人，父母子女也会随之被毁灭。"

年轻人似有所悟，却又不甘心地问："那我该怎么办？"

大师说："一些存活下来的灰松鼠，它们是放弃了已经腐烂的松子的收藏，再忍饿寻找新的松子作食物，最终得以活下去。"

年轻人点点头，说："放弃，就是新的开始。谢谢大师的教诲。"

大师在年轻人离去后，在记事簿上写了一句：毁灭，虽有效地打击了敌人，却也毁灭了自己。

不要做无用功

艾伯特要到基比伦山顶上去采摘一种独有植物作药引。打点好行囊，艾伯特出发了。

经过两天行程，艾伯特已经能看见基比伦山就在一座不算太高的小山的后面。艾伯特有两条路：一条是绕山而行；一条是迎山而上。艾伯特想："基比伦比这山还高，先登上这座小山，再从这座小山顶向基比伦山峰攀登，不是可以更节时省力吗？"

几个时辰过后，他爬上了这座小山顶峰，却为眼前的景象目瞪口呆：小山与基比伦山并未相连，中间还隔着一条沟壑！

艾伯特只得小心翼翼地又向山下走去。山底是一条小溪，之前顺着溪流绕山而行，也能到达谷底，也就是基比伦的山脚，而且应该能节约不少时间！

艾伯特开始对基比伦山观察分析，因为他猛然醒悟过来：没有到山跟前，不要急着爬。

无独有偶。有两个人初次到野外露营。一人外出钓鱼，一人准备柴火。准备柴火的人万事俱备，可仍不见钓鱼的同伴归来，求急心切，他搭灶架锅，先将汤水煮好，只等钓鱼收获的鱼儿下锅。

殊不知，此处并无较深溪流，钓鱼的选了一处距驻地较远的地方。等他兴冲冲地将鱼带回，煮汤的人已经往锅里掺了数次水，已将汤烧干。当然，只得重新掺水再煮。留守在驻地的人花了几倍的精力和物力，却做了无用功！

生活中，很多事情亦如此。许多时候，为了做成某事，我们提前或超前去做，原本想要事半功倍，结果却是从头再来，甚至事倍功半！

为自己关灯

朋友接我返乡时，天已经漆黑。原本不宽的路上，时不时有车辆迎面擦肩而过，与他们不同的是，每一次错车时，朋友都会放慢速度，并且将远光灯关掉开近光灯。这与朋友之前的做法迥然不同。

到目的地后，我笑着问其原因。朋友说："开车时与别人迎面而过最讨厌的就是，对方把远光灯给亮着，这样会影响自己的视线。所以之前，我为了报复那些不关远光灯的司机，也给自己换了一个特别亮的灯泡，直到上周。"

朋友语气低沉了下去，说道："上周一的晚上，小李骑摩托车下班回家时出事了。"我听得一怔，小李我也认识。小李骑摩托车时因为被迎面而来的小车司机的远光照射不爽，所以把自己的反光镜给颠倒过去，让它对着对方。

"孰料，一辆小车过来时，没有关掉的远光灯照在小李的反光镜上，返回去射向小车司机，结果两人因为被强光照射失去方向而使摩托车与小车撞在了一起，所幸的是两辆车速度都不是很快，但两人都为此事付出了血的代价！"朋友顿了一顿，接着说，"小车司机在医院里说，当初只要自己关掉远光灯，就什么事也没有。而小李也说，如果自己不把镜子反过去，也不会导致小车与自己相撞！他们都在为自己检讨，那就是关灯，其实是为自己。"

我点点头，确实如此，晚上行车时两不相让最终是害人害己！关掉远光灯，与人方便，就是与己方便！为自己关灯，行车要如此，为人更应该如此。

送米更要送谷子

　　有这么一个故事：小花猪和小黑猪受了灾，没有吃的了。邻居狗伯伯决定要帮助它们，于是给两只小猪送去了一些大白米。两只小猪非常感激狗伯伯。小黑猪收到狗伯伯的大白米后，问狗伯伯："我能不能用您送的一部分大白米向您换一些谷子？我想把它们播种下，以后就能生产出更多的白米。"

　　狗伯伯听了，又送了些谷子给两只小猪，小花猪只是把谷子加工成米。而小黑猪呢，把米计划着吃，再开垦土地，把所有的谷子种下。最后的结局，不用说大家已经能猜到：小花猪饿得快死时才明白光顾眼前是多么不明智，而小黑猪不仅送还了狗伯伯的大白米和谷子，还接济了不少邻居！这个故事告诉了我们两个道理：一是做事要留退路；二是送米更要送谷子。

　　由此，我想到了最近一位老师抱怨他的学生。

　　一个二年级的学生，竟然只会算"1+1"和"2+2"！教师想尽办法让他抄写，给他补习，效果甚微，为了让学生会简单的计算，老师让这个学生把10以内所有加法全抄下背，不料这个孩子仍然不会！后来倒是这位老师的爱人给他提供了一个办法：用实物，叫孩子在家里用苹果来分一分，合一合，学生居然很快就学会计算了。这位老师最后深有感触地说："教师不仅要教授孩子知识，更要传授方法！"

　　是的，作为一名教师，我们不能只给他们送米，更要给他们送谷子——让孩子学会成长的方法。

释放你的心灵

周末加班，便把没有人带的6岁的儿子带到单位，让他一个人在单位里找活动项目。不一会儿，满头大汗的儿子进办公室来，说要喝开水。同事从桌里拿出一袋白糖，说可以兑糖开水喝。

由于办公室里没有小勺等工具，我便把糖放进杯子里，倒进开水，摇晃几下。急中生乱，不慎将水洒了一些出来。不过，倒是把儿子给打发出去了。

不一会儿，儿子又跑进来，说糖开水好喝，还要。于是，我便叫儿子自己动手。儿子放进白糖，又倒进开水，可是儿子拿起杯子左右摇晃，不见白糖溶解，倒是把水给全倾倒了出来。儿子急得哭起来。无奈之下，我只得亲自动手，再为儿子兑水，并教儿子要让杯子中的水先晃动起来，而不仅是让杯子动起来，更不是全身动起来。要让水与杯分离，水与杯的律动不一，而又水与杯不分，借助杯的力量，才能加速杯中水的速度。

同事就说了："你说的这些，你孩子能听得懂吗？"我看着儿子听得云里雾里的样子，仍旧鼓励他说，照着我的样子，能行的。于是儿子真的自己动起手来。最初几次，儿子几乎将水全洒了，反复几次后，竟然也能做得有模有样的。同事说，你儿子还真能干，这样深的学问都会。

　　这样深的学问！同事的话让我大吃一惊。是啊，这其实就是人生工作的写照啊！一个人如果仅为工作而工作，势必只会像小孩子溶解糖水一样费心尽力却没有成效，反使自己身心俱疲。而想要让工作更加出色，就必须要用心，让"心"动起来，而又不脱离一定的轨道，加速心灵的运转，把紧闭的心灵释放，心要先动，任务才能更加完美。

　　让心动起来，用心去创造，铸就别人所不能完成的辉煌，前提条件就是要释放你的心灵。

有时需要依靠

刚爬上树枝的常青藤被一阵风掀倒在地，常青藤伤心地哭了，然而没有任何人理会它。常青藤觉得挺委屈，决定离开这里。

在路上，常青藤看到一株小草在呻吟，问道："你怎么啦？"小草有气无力地说："我原本是与众小草一块儿生长着的。可我因为讨厌相互依靠、缠绕，想要独自生活，就离开了大伙的怀抱。没有想到，刚一出来，势单力薄的我，根本承受不住太阳的照射！我真后悔，真不该离开可以依靠的集体啊！"

常青藤想了想，伸出自己的长臂，一下子将这株快要枯萎的小草送回到草丛中去。很快，这株小草又恢复了生机。

常青藤向小草挥挥手，继续上路。忽然，下起一阵大雨来，常青藤沐浴在雨中可开心了。可是它却看见一位行人举着一把伞在雨中迎面走来。常青藤奇怪地问行人："你打着伞有何作用呢？"行人说："因为有伞，我才能在雨中安全前行。如果没有伞，人是会被雨淋而生病的。"

常青藤又问："那就是人可以依靠伞，风雨无阻地前行，那可不可以不依靠伞呢？"

行人奇怪地反问："既然有伞可以依靠，我们为什么要放弃呢？"

常青藤接着问道："你这样依靠其他的力量，是不是没有骨气的表现呢？"

行人这下明白常青藤的问题了，说："生活中，有些力量是可以依靠的。比如说，人发明了飞机，就可以依靠飞机的力量来快速有效地办理事务；再比如，人类有了火，就可以用火来煮熟食物，可以吃得又香，又有营养，何乐而不为呢？"

常青藤仍是有些不解，又问道："那你的意思是说，依靠是有道理的。可是为什么我依靠树木生长就被别人讥笑呢？"

行人思忖了一下，说："如果我们只是为了一己私利，而对别人进行攀附，或者是因为自己的依靠对别人造成危害，这样的行为当然是不被认同的。但如果我们依靠别人的力量，是去造福于社会，为更多的人争取利益，而我们的依靠又没有伤及他人，为什么还要拒绝依靠呢？"

常青藤听了高兴地说："我知道该怎么做啦！"

回到家的常青藤再次生长起来，它依靠城墙，将旺盛的生命力展现得淋漓尽致。整面墙上一片绿意盎然，充满生机，过往的行人都会尽情地享受这片宁静与和谐。城墙也对常青藤给自己带来的活力表示感激。

小草因为依靠集体，自己力量才更加强大；常青藤因为依靠城墙，才能爬得更高，将生命的意义展现；人类因为依靠各种资源，社会才突飞猛进；世事万物依靠阳光、雨露、空气，方能健康生长。那我们为什么要拒绝依靠呢？只要是对社会有益的，只要没有伤害他人，有时候，我们是需要依靠的。

人生是一场捕鱼

　　父亲和儿子去河边散步，恰逢一位捕鱼者在河边捕鱼。父子二人便随在渔夫身后，观看渔夫撒网捕鱼的过程。

　　渔夫撒了几网过后，10岁的儿子忽然高兴地说："我发现，有的地方一条小鱼也没有捞着，有的地方收获挺多的。因此，捕鱼最重要的是选准位置！"

　　父亲点了点头，想了一下问儿子："那如果你去好位置撒网，你认为你能收获多少呢？"

　　儿子骄傲地说："我肯定也能捕到这么多鱼虾的。"

　　父亲笑了笑，问："可是，你确定你会把网撒出去吗？"

　　儿子略带羞涩地说："我，我不知道我会不会连网也撒不出去。我想撒网也需要学习的。"

　　渔夫听了两人的谈话，也补了一句："光有撒网技术还不够，修补渔网可也是一件需要耐心的活呢。"

　　父亲显然觉得这个话题儿子有兴趣，又问渔夫道："捕鱼中最大的快乐是什么？"

　　渔夫说："最大的快乐其实就是收获时渔网中沉甸甸的，鱼儿在渔网中挣扎着。每拉一次渔网，就越能感受到成功的喜悦。真正拉上网后，鱼儿收入囊中，反倒没有收网时所享受的那份成功感觉。"

儿子天真地问："那就把鱼儿放置网中，在水里来回拉动，便可更长久地享受成功的喜悦啊！"

渔夫和父亲听得哈哈大笑。渔夫问："那还能捕到其他什么鱼呢？"

儿子想了想，扭头看着父亲。

父亲深思了好一会儿，才说："是啊，孩子，我们不能光顾着享受快乐，享受成功，我们还有其他的事情要做。渔夫还要捕更多的鱼，用来维持生计，渔网也会破的，要抽时间来补，还需要花时间去选择地点，学习技术，怎么可能一直把那几条鱼儿兜在网中图一时之快乐呢？"

儿子点点头，似懂非懂地。而父亲还想说：其实，人生就是一场捕鱼过程，需要学习多种技术，需要选择时机与方向，有成功与失败，而成功快乐也都只是暂时的，要放下，为下一次成功、快乐努力奋斗。父亲在心里说，孩子，总有一天，你会长大的，你也会明白这一道理的。

人人皆渴望被尊重

　　格鲁只是一名小教员，工作认真，沉默寡言。生活中的格鲁，最大的特点是不对领导阿谀奉承，当然就特看不惯那些献小殷勤的人。

　　一次格鲁与另一位同事正在店里吃着早点，恰巧领导路过，格鲁想要躲避而过，实在无法掩饰，便只得含着食物对领导点头笑笑，以示打招呼。偏偏与格鲁同桌的同事将剩余的半盒子食物递向领导，说："您也尝一尝不？"领导当然摇手拒绝，而送食物的同事似乎以此为荣。以后，格鲁再也不与这位同事一起吃饭了。

　　还有一次，单位开联欢会时，格鲁又与领导同席。席间，桌上不断有人为领导夹菜，而羞于做此事的格鲁寻思着这样是否卫生，在心中不禁嗤笑为领导夹菜的人，这谄媚也太露骨了吧？！

　　格鲁就纳闷着，如此明目张胆的拍马屁，领导却又似乎受之平常，而下属却是屡试不爽，究竟是为哪般呢？直到格鲁也做了一回领队，他算是明白了其中的道理。

　　在暑假夏令营活动中，因为参与者众多，人员紧张，作为辅导员的格鲁也被派给任务，当几名营员的领队。在野外露营时，这些半大的孩子纷纷拿出自己包裹里的食物补充营养。初次露营的格鲁准备不充分，而队上又没有及时分下食物。格鲁竟只能眼睁睁地望着孩子们挨饿，最后直到邻组的领队分一些食物过来才解了围。在当晚与营员围桌晚餐时，早已累坏的营员们狼吞虎咽，全然不顾身边的尊长，留给格鲁的是满脸的尴尬。成人的格鲁自是不会与孩子们计较的，他们毕竟年纪小，不懂事，不成熟。

不成熟？那成熟的人会是怎样呢？会不会分给自己这个"领导"，为"领导"留着？忽然之间，格鲁明白了两个词语：成熟、领导。而他之前曾经认为的那些阿谀奉承不是拍马屁，应该是处事的知趣与成熟。

格鲁忽然领悟：其实人都喜欢被尊重，没有谁会拒绝别人的敬意。人们渴望被尊重，明白了这一点，才不耻于去做尊重别人的小事。而尊重别人，其实也是自己的价值的体现。

价值的最真实体现

格比退伍后开始经商，十年不到，他已经算是一个事业有成的商人。在部队上立过二等功、生意也做得不错的格比还乐善好施。因此，在南波小镇，格比的地位绝不比镇长逊色。人们说，格比的地位是至高的。这点，格比自己也是这样认为的。

如果不是后来发生的一件事，很多人都会一直这么认为。

格比的会所住进了一位不速女客。这位女客温柔漂亮，又善解人意。这对于一直单身一人的格比来说，是个绝对的诱惑。格比发现，这个女客对小镇上的小溪情有独钟。格比发动猛烈的追求，之后，格比与女客双双坠入爱河。然而不久，小镇上的人就对格比有意见了。原来是格宣布购买下南波小镇上唯一的小溪，用来做产业。而这小溪一直是南波人们唯一的天然纯净水源。如果被用作商业用途，这条水源将不再是那么纯净。大家一拨又一拨地劝说格比，最终，格比一意孤行，把想法变为行动，只为讨得美人欢心。

后来，小镇上的人情绪激愤，向南波的镇长提出抗议，格比夫妇被逐出小镇。格比，这个曾经比镇长还受人尊敬的、被所有人认为更有地位的人，在遭受诱惑的时刻，丢弃了曾经受人尊敬的地位，他的价值被人们否定，甚至遗忘。

每个人都有其价值。而实质上，真正的价值体现在其行动上，为之付出的行动而造成的结果上。正如钱如果没有使用，就仅仅只是一张破纸而已，也只有在使用过程中，才能体现出它的价值，而最关键的是用在什么地方上。

机会在于每一步的选择

年轻人向智者埋怨，时机总是青睐他人，而自己却怀才不遇，碌碌无为。

智者微笑地对他说："我给你讲个故事吧。

"两个人在三岔路口时，因意见不统一，决定分头前进。两个人在前进的路上，一个人一路狂奔；而另一个人在路上磨磨蹭蹭，甚至走了一段路后又打起退堂鼓往回走了一截，又犹豫地继续前进。而最终的结果是怎么样的呢？你一定会认为是一路狂奔的人成功了，另一个人失败了。而事实恰恰相反：狂奔的人死在路中，而另一个不仅成功地到达目的地，还在路上发现了金矿。

"为什么会产生这样的结果呢？原来，两条路都是充满危险而又充满机会的路。一路狂奔的人在路途中踩中一条吃饱了正欲休息的毒蛇，毒蛇作为反击就咬了狂奔的人一口，这个人却浑然不知，中毒而亡。他到死也不知道，这条毒蛇藏身之处就是宝藏的入口。

"而另一个人呢，他行至一半时怀疑前路方向，就往回走。他却并不知道前方不足五十米处，一头饥饿的老虎刚刚经过，并等候了十几分钟，才离去。而这个人往回走途中不小心绊了一跤，弯腰系鞋带时，发现前方草丛中有只毒蝎伺机而动。他悄悄地躲开，拾起一块石头一下子狠狠地砸死了这只毒蝎。也正是这一砸，砸出了隐藏在石块里的金子。而这引起他的注意，并找到了金矿。"

年轻人听完后，问道："那如果换另两个人在这岔路口，又会出现什么情景呢？我们应该学第一个还是另一个人呢？"

智者说："其实，也许都行，也许都不行。因为，路上的情况是随时在变化的，生存机会当然也在变化。"

年轻人说："我明白了。机会决定了人的命运。机会有时与灾难同在。但我对机会的把握还是有些茫然。"智者点点头，说："正如有两个伤心绝望的人得到一句话'人生不过短短几十年'一般。一个人忽然之间放下忧愁，鼓起勇气，仿佛换了一个人；而另一个人却选择沉沦，最终自取灭亡。"

年轻人陷入深思，等年轻人回过神来，智者早已离开。智者留下三句话：所走的每一步都会是自己的机会；别人的机会不一定等于自己的时机；勿与机会擦肩而过。

别让错误有退路

明代时期，小型器物上雕刻正开始兴起。一个王姓的人对这种雕刻特别爱好，他的父亲便送他去学习雕刻。他起初师从于邻村的一位小有名气的雕刻老师。有一位师弟与他同时也跟着这位老师学习雕刻。

学习了两年后，老师因为接的活多，就让他们也实践雕刻。一次，他们在雕刻的过程中，因为技术原因，在处理细节时，不慎弄砸了，整块形象不能按原来计划完成。这下怎么办呢？不仅任务不能按时完成，老师还要面临赔偿。这时，师弟灵机一动，就用这废弃的材料，雕刻成许多个小型雕塑。师兄当然反对，两人意见不合，师兄便决定停止继续雕刻。师弟就独自完成。没有想到，事主竟然非常满意，而他们的师傅也夸奖师弟聪明。因为这事，这位师兄也不能再跟着老师学雕刻了。于是，这位学徒一边刻苦练习，一边遍访名师。

十年后，这位当初的王姓学徒，已经成为果核雕刻名家，他就是号"初平山人"的王毅。由于他的工作几近完美，每一笔一画都心中有数，不容自己有半点疏忽，所以他创作的"赤壁之舟"成为果核雕刻史上的珍品。而与他同时学习雕刻的师弟呢，因为总是在失误后会想出一些补救的措施，所以一直在雕刻上毫无成就，就只能做些简单的小手工雕刻。

　　王毅的成功在于让错误没有退路，对错误的不挽救。是的，谁没有犯错误的时候呢？可关键是犯了错误就要及时改正。如果让错误有退路，或许会在短期内将错误造成的损失减少，但却也产生一种误导：即使错了，还可以那样的……正是因为犯错后有退路，所以对错误行为才有松懈，而未能加强练习与警戒。结果，错误当然会再犯，损失也会再产生。殊不知，多次错误造成的损失决计比第一次犯错误造成的损失大千倍、万倍。

　　错误已经发生，就追究其原因，及时改正，加强自身修炼，让自己决不再犯，而不是去做所谓的暂时挽救。别让错误有退路，错误不需要挽救，是最明智的做法。

千里马必备的素养

又是一个毕业季，导师送给学生们一个故事。

自始至终，它都认为自己是千里马。然而，在又一次自己的同伴被主人推荐给伯乐并带走后，它沮丧至极，独自到林子一隅发泄心中的种种不快乐，并不停地问自己：为什么？为什么？

这时一位过路的老者对它驻足观察良久，问它："你因何沮丧？"

它看了这位老者一眼，便把心中的所有不解尽数抖出：自己聪颖睿智，才艺超群，在同伴中绝对是出类拔萃的。可主人却视而不见，总是把机会给了不如自己的其他同伴，让伯乐带走它们。自己眼看着曾经的同伴们在伯乐的调教下有所建树，怎能不愤慨，怎能不沮丧！

老者说："所以你对你的主人才总是违逆，而主人对你也愈加失望吧？"

它重重地点点头，老者说："可惜啊，你这叫桀骜不驯，你还不是千里马。"说完，转身离去。

它听了先是有些愤愤，凭什么你也这样说啊？你又不是伯乐！不过，冷静下来后，他一想，是啊，连不是伯乐的都这样说自己，那看来自己的桀骜不驯确实不当啊！从此，它改变了自己的性格，学会内敛，果然，它发现主人瞧自己的眼神也有了许多赞赏之意。它不禁有些沾沾自喜了。

　　孰料，再一次的挑选时，它又落选了。它一下被击倒了，而它奄奄一息时，那位曾经的老者又来到它的面前，说："你缺少了坚强，真的不是千里马。我就是伯乐，我一直在林子外面等候着你，可是你就是没能迈出来啊！"它此时方才恍然大悟，可为时已晚，它已经病入膏肓。

　　它在临死之时对它的孩子说："你们是千里马的种，但是你们一定要明白，千里马是需要具备素养的，那就是懂得坚强，学会屈服，把握时机，一直向前。"

　　故事讲完，导师什么都没有说，只是看见孩子们在思索，他点点头。

错误有时需要放大

　　与儿子到学校的操场上去打乒乓球。因为操场太大了，所以就多带了几个乒乓球去。在室外打乒乓球有句话是这样说的，"不是打累的，而是跑来跑去捡乒乓球给跑累的"。

　　所以打乒乓球时我都会多带几个乒乓球，每一次都是等到手中没有乒乓球后再各自捡自己方向的球。当然在打的过程中也就不会急于对从手中失去的球追赶了。又一个球从儿子手边飞走，儿子作势要去捡时，我阻止了他。我告诉他："等几个乒乓球都打完了才一并去拾。"细心的儿子却说了一句："爸爸，您错了哦，还是早些捡回吧，不然它会跑得更远的！"

　　听了儿子的话，我才留心一看，还真是这样。原本就从手边丢失的球，本可以一弯腰或是一步就拾起，但想着手中还有其他的球，就没有去及时追回，而乒乓球就蹦跳着借势继续远离我们球桌。而如果有顺风的话，它会跑得更远！正如儿子所说的，我真错了，我却一直坚持着这种错误而浑然不知。

　　休息的时候，我看到其他玩乒乓球的人，手中可能只有一个球，所以他们及时拾起。也有一些人把几个球一并捡起。忽然之间，我不禁头涔涔而汗潸潸了。如果我们把这个乒乓球延伸到人生当中的错误呢？

人生中谁没有犯过些错误呢？既然是错误就肯定跟正确是背道而驰，为了缩短这段距离就必须付出更多的辛劳和努力，为了避免犯同样的错误就必须有对应的预防纠正措施，从而靠近成功。犯错误不可避免，只有把错误放大，预见错误的后果性，才能及时更正。如果坚持错误，必然会错过发现发展的机会，会与既定目标越来越远。

正确地对待自己所犯的错误，而不是惧怕，不是逃避，不是自暴自弃，而是在错误中，把错误放大，以找到未来成功所需要的宝贵的经验教训。把错误放大，就是向正确靠近，是进取。

脚踏实地才能胜利

教授带着学生来到操场上。教授说："今天我们进行拔河游戏。"

学生们都说，拔河太简单了，纷纷要求换个其他拓展活动。

教授笑了笑，说："要不，我们这样，你们全部学生为一方，我自己为一方，我们两方来比赛拔河，不过，输了可要受罚的。怎么样啊？"

这下，同学们高兴了，虽说教授与大家年龄上差不了很多，平素就打成一片，可老师毕竟是老师，真要提弄一下老师，那也是能让大家感到开心的事情。

不过有同学就发问了："事情当然不只这样简单，肯定是有条件的，对吧？"其他几个学生也应和着说："对，说吧，是什么条件，我们得看看条件再说。"

教授随意地说："条件当然有，不过也简单，就是你们只能踮着脚，只要有一个同学脚后跟着地，便算你们输。简单吧？"

同学们一听就这个条件，都大声说行。于是，几个同学便找来绳子，做好了拔河的准备工作。学生共九人参加，另外一人当裁判。教授与学生们分两边站好后，同学们可是一脸兴奋，一位同学高兴地说："老师，输了等会儿可是要伏在地上学狗叫三声哟！"而教授却平静地笑了一声，对裁判说："你可要公正呀，好好看戏吧。"

教授与同学们把绳子拾在手中，同学们全都踮起脚，却有些站不稳，摇来晃去。随着一声哨响，同学们还在不稳定的脚步中摇摆之际，教授一下子已经将绳子拉了过去。这下同学们可有意见了，都说不算，没有准备好，要求重来。

教授笑着说："好，再来一次吧。"

第二次，同学们可汲取教训，早做好准备，等哨响时，同学们一个个踮着脚手上赶紧用力，往自己身后猛拉！没有想到，教授根本就没有用力，结果，同学们随着绳子不由自主地全往后仰。这时，裁判说话了："同学们都犯规了，你们脚后跟已经着地！"

同学们傻眼了，而教授笑吟吟地看着大家。教授说："这下没有争议了吧？同学们得兑现自己的承诺。"

等同学们嘻嘻哈哈地受罚完后，大家围着教授，大家知道教授这个游戏一定是要告诉大家什么的。

教授说："谁来说一说刚才游戏的体会啊？"

"脚尖点地站不稳。"一位同学说。

"使不上劲。"另一位接着说。

"如果允许脚后跟着地，我们包赢！"好几个同学发出同样的感慨。

教授意味深长地说："对，你们两次失败是因为没有踩实地面。也就是只有脚踏实地，才能取得最终的胜利！"

前行，不能推动目标

茫茫大海中，迷失的船上，两人已经精疲力竭，丧失水与食物多日的两人虽然历尽拼搏，努力想要将船靠近岸边，但终于没有成功，也没能获救，相继死去。

无人驾驶的船失去了人的指挥，只能在大海上随风雨飘摇。一群鸟儿飞过，看着海中无拘无束的船儿，羡慕地说："船真幸福啊，可以在蔚蓝的大海上散步，无忧无虑，更可以品味阳光、蓝天。难为我们啊，还要为生存而四处奔波。"

一朵云飘过，由衷地赞美海中的船儿："茫茫大海中，你却可以不负重荷，不必坎坷，不必蹉跎。内心无声，让沉默成为大海中一道特别的风景。"

船儿叹了一口气说："唉，其实你和鸟儿都错了。我是一只失去方向的船，没有前程与目标，对于我来说，任何时候的风都是逆风，任何情况对于我都是逆境。自从我的主人死去后，我不知道，我的目标在哪里，我也不知道，我的归途在哪里。我现在只能四处飘荡，最终我只能被大海吞噬。"不错，即使再美的光环下，也应该清醒地认识到，失去目标，就会失去一切。

成事后再批评

在钢琴辅导班里，有三对母子的情况相似：儿子同龄，三个母亲也是差不多年龄，只是职业不同，一个是公务员，一个是医生，一个是教师。半年之后，三个儿子在学期测试时，成绩却迥然不同。三个母亲便聚在一起，议论起来。

学得最差的孩子母亲是医生。医生说："孩子学钢琴以来，我因为经常加班，所以带孩子来后，交给老师就走了。而孩子回到家中，我也是每天只要有时间就监督，要不就让他爷爷奶奶督促，孩子也都要练习一个小时以上。"

表现一般的孩子的母亲是公务员。公务员说："孩子学钢琴时，有时我也陪着孩子学习，有时我听不太懂，就在外面等或是去外面逛商场，到时来接孩子回家。回家后，我孩子一周练习四到五次，每次也差不多一个小时。"

学得最好的孩子的母亲是教师。教师说："我只要每次孩子来学习，我都随着孩子一起学习。我也让孩子每天练习一次，但每次不超过半小时。"

医生与公务员都很惊讶，问为什么会这样。教师说："因为我每次

孩子学习时，我也跟随着学习，把钢琴老师讲的东西都先在自己脑子中消化。回家后，我都会亲自按钢琴老师的要求示范一遍给孩子看，然后按老师的要求对孩子的练习予以指导，所以孩子总是能按时完成。"

公务员说："有时我也这样做的，但因为有时我听得不是很明白，对钢琴也不是太懂，所以给孩子指导时，还没有孩子熟练，与孩子交流时，他还会理直气壮地反驳我，说我这里那里什么不对，所以有时对他的批评，他会不听。我也只能请钢琴老师帮忙批评了。"

医生感叹说："难怪，我每次都只是要求儿子认真地练习，有时也听着他有错了，就告诫他，没想到他振振有词，反倒说我一窍不通。到后来，每天就只知道孩子在那里叮叮咚咚地乱弹一气，结果孩子越学越不想学。"

这时，钢琴老师听见，对她们说："对于批评，在事前或事外会让被批评者感觉到挖苦，或是对他的力量的不信任，甚至认为批评者是外行，而最终会让受批评者难以接受。医生妈妈就是例子。而在事情进行中批评，受批评者有时会觉得是一种打击。针对每一个细节，被批评者可能发现自己的不足，但不一定对批评意见持完全赞同的态度。特别是批评者没有完全让他信服，那不仅会打击进取心，而且会事倍功半，结果半途而废。公务员妈妈情况便是这类。"

顿了一下，钢琴老师接着说："而这位教师妈妈做法却是最成功的。因为她是事成之后再批评。此时的批评是修正，是激励。被批评者感受到真诚，会结合自己的实际进行对照反思。批评者以亲身经历体验过程作示范，又以成功结局展现，这样的批评当然是最有成效的。"

三位家长听后点点头，是啊，对他人的批评是分层次性的：事前的指手画脚与事情进行中的边做边指挥，都比不上成事之后再批评有效。